LA MORT DE PRÈS

Crédits iconographiques :
Coll. Famille Genevoix, p. 9, p. 14 (A), p. 22 et p. 26
Dessin de Lucien Laforge extrait de la une du *Canard Enchaîné*
du 13 novembre 1918 © Collection Kharbine-Tapabor, p. 14 (B)
© Bridgeman Images, p. 15 (C)
© AGIP / Bridgeman Images, p. 15 (D)
© Andrea Izzotti / Shutterstock, p. 15 (E)
Wellcome Collection. Attribution 4.0 International (CC BY 4.0), p. 19
© Hein Nouwens / Shutterstock, p. 26 (frelon)
© PVDE / Bridgeman Images, p. 26 (cimetière)
© Michel Sima / Bridgeman Images, p. 146
© Bridgeman Images, p. 147
© Mary Evans / Aurimages, p. 152

ISBN : 978-2-0802-4652-3
ISSN : 1269-8822
N° d'édition : L.01EHRN000675.A002
Dépôt légal : juin 2021

Imprimé à Barcelone par: CPI Black Print

ÉTONNANTS • CLASSIQUES

LA MORT DE PRÈS

Maurice Genevoix

Appareil pédagogique
par Filippos Katsanos,
professeur de lettres

Flammarion

SOMMAIRE

TOUT POUR COMPRENDRE

Pages 7 à 30

➤ Découvrir le contexte

➤ Découvrir l'œuvre

LA MORT DE PRÈS

Pages 31 à 110

TOUT POUR RÉUSSIR

Pages 111 à 160

➤ Questions sur l'œuvre

➤ Groupements de textes

TOUT POUR COMPRENDRE

DÉCOUVRIR
LE CONTEXTE
+
L'ŒUVRE

BIOGRAPHIE

De la guerre à la nature

➤ Un homme envoyé au front…

Maurice Genevoix naît le 29 novembre 1890 à Decize (Nièvre) dans une famille de commerçants. **Élève brillant**, il est envoyé à Paris par son père, qui souhaite le voir poursuivre ses études après le lycée. Il intègre en 1911 l'École normale supérieure, qui forme à l'enseignement et à la recherche, et s'intéresse au réalisme dans les romans de Guy de Maupassant (1850-1893).

Mais la Première Guerre mondiale compromet ses projets de carrière. **Mobilisé le 2 août 1914**, il rejoint à vingt-trois ans, comme sous-lieutenant, le 106e régiment d'infanterie à Châlons-sur-Marne. Il se retrouve au milieu d'offensives particulièrement meurtrières sur la butte des Éparges et près de la Tranchée de Calonne, jusqu'à la date fatidique du 25 avril 1915 où **il est grièvement blessé et déclaré inapte à poursuivre le combat**. Pendant ces neuf mois, il fait l'expérience d'une guerre inhumaine et barbare.

➤ … témoignant sur la guerre…

Évacué du front et après plusieurs longs mois de convalescence, Maurice Genevoix retourne à Paris en août 1916. Profondément marqué par l'expérience de la guerre, il refuse de poursuivre ses études à l'École normale supérieure. Il décide alors, encouragé par l'un de ses professeurs, de composer, à partir de ses notes et de ses lettres, **cinq récits de guerre** sous forme de journaux : *Sous Verdun* (1916), *Nuits de guerre* (1917), *Au seuil des guitounes* (1918), *La*

Boue (1921), *Les Éparges* (1923). Ces textes seront par la suite remaniés et réédités, en 1949, en **un seul volume intitulé *Ceux de 14***. Bien plus tard, c'est dans ce travail colossal de témoignage sur la guerre que s'inscrira *La Mort de près* (1972).

➤ … et célébrant la nature…

Retiré sur les terres paternelles de Châteauneuf-sur-Loire, Maurice Genevoix compose de nombreux autres ouvrages ayant pour cadre la nature du Val de Loire qu'il connaît si bien. C'est le roman *Rémi des Rauches* (1922), histoire d'amour entre un homme et le fleuve de la Loire, qui inaugure cette **veine régionaliste**. Il est suivi notamment de *Raboliot* (1925), qui raconte la vie libre d'un braconnier dans les forêts de Sologne. Ce récit, couronné par le prix Goncourt, a apporté à son auteur sa première consécration littéraire.

➤ … qui accède à la consécration nationale

Par la suite, la valeur de la contribution de Genevoix, à la fois dans le domaine des lettres et dans l'effort de mémoire sur la Première Guerre mondiale, sera officiellement reconnue par plusieurs institutions : en octobre 1946, il est élu **membre de l'Académie française** et, quarante ans après sa mort, survenue le 8 septembre 1980, **ses cendres sont transférées au Panthéon**, le 11 novembre 2020.

Portrait de Maurice Genevoix, pris le 12 février 1915 à Verdun.

CONTEXTE HISTORIQUE

L'horreur des tranchées

➤ Août 1914 : mobilisation générale !

Le 28 juin 1914, après l'assassinat de l'archiduc héritier de l'Empire austro-hongrois à Sarajevo (dans l'actuelle Bosnie-Herzégovine), l'Europe puis le monde s'embrasent. Quand, un mois plus tard, le 28 juillet, l'Autriche-Hongrie déclare la guerre à la Serbie, d'autres pays réagissent, des alliances se forment et s'étoffent au fil du temps. Au début de la guerre s'affrontent ainsi, d'un côté, **le camp des puissances centrales**, qui regroupe l'Autriche-Hongrie et l'Allemagne, et, de l'autre, **le camp des Alliés** comprenant la France, le Royaume-Uni et la Russie.

La France et l'Allemagne déclarent la mobilisation générale le 1er août 1914. Dès le lendemain, Maurice Genevoix reçoit l'ordre de rejoindre son régiment.

➤ Novembre 1914 : une guerre de position…

Dans les premières semaines, l'opinion croyait fermement que la guerre serait courte et peu coûteuse en vies. Or non seulement la guerre s'éternise, mais elle est d'emblée **si violente et si meurtrière** que les soldats prennent conscience de se trouver devant « une nouvelle guerre, plus lugubre et plus glacée » (p. 61, l. 96-97).

Au bout de quelques mois, les tactiques militaires elles-mêmes finissent par adopter un tour jusqu'alors inconnu : les soldats ne sont plus engagés dans une guerre classique de mouvement mais dans une guerre de position. Chaque camp creuse de part et d'autre d'un *no man's land* et construit des abris et des fortifications : c'est ce qu'on appelle **les tranchées**. Des assauts sont donnés régulièrement dans le but de réduire le *no man's land*, de se rapprocher de l'adversaire et d'occuper ses tranchées. Parfois même, les attaques sont souterraines. Il s'agit de creuser un tunnel sous une position stratégique ennemie et d'y mettre des explosifs pour la neutraliser.

➤ Novembre 1918 : plus jamais ça ?

Cette guerre de position se poursuit jusqu'à l'été 1918, durant lequel l'Allemagne lance des offensives de mouvement. Appuyés par les troupes venues du Canada et des États-Unis, les Alliés repoussent finalement ces attaques et un armistice est signé le 11 novembre 1918. Cette guerre mondiale a entraîné environ 10 millions de morts, auxquels s'ajoutent approximativement 8 millions de blessés restés invalides. Elle a causé un **traumatisme durable** à l'ensemble des populations concernées. Le caractère exceptionnel de ce conflit justifie l'emploi de l'expression « Grande Guerre » pour le désigner ; le surnom « la Der des Der » fait écho pour sa part au pacifisme de l'opinion choquée par ses horreurs.

Le vocabulaire de la Grande Guerre

Chaudrons, marmitage, biffins, écope, 120, 75, mines, réseaux Brun, chevaux de frise, parados, percutant, entonnoir, outils de parc... Autant de mots dont le sens nous échappe aujourd'hui, car l'auteur a recours au vocabulaire technique militaire, qui permet de désigner précisément des armes (75 désigne un type de canon) ou des dispositifs défensifs (le mot *parados* désigne une butte de terre ou des pieux qui protègent l'arrière d'une tranchée)...

En outre, les soldats de 1914 se sont approprié leur quotidien en développant un langage argotique. Ces mots cryptés permettaient à des hommes issus de milieux très divers de communiquer. Ils confèrent ainsi un sens nouveau à des termes courants ; par exemple, une *marmite* est un obus ; un *entonnoir* est un cratère creusé par une explosion...

CONTEXTE LITTÉRAIRE

La littérature de la Grande Guerre

➤ Un enjeu mémoriel

Genevoix publie *La Mort de près* en 1972, à l'âge de quatre-vingt-deux ans et « après cinquante-sept ans de survie » (p. 82, l. 3). Il s'agit de revenir sur certains événements déjà racontés dans les romans qui composent *Ceux de 14* mais, cette fois-ci, avec le recul et la sérénité que lui apporte son âge avancé. Ce projet inscrit *La Mort de près*, malgré sa date de publication tardive, dans ce **vaste ensemble d'œuvres qu'on désigne, à cause de leur thématique, sous l'étiquette vague de « littérature de la Grande Guerre »**. Ces ouvrages visent à forger une mémoire collective : ils témoignent de l'horreur des combats pour que la société ne les oublie pas.

➤ Une réponse à la censure

La majeure partie de cette production littéraire s'écrit pendant ou immédiatement après la guerre parce qu'elle répond à un besoin de vérité omniprésent dans une société au sein de laquelle la liberté de presse est entravée depuis la **loi du 5 août 1914 rétablissant la censure**. Les temps sont en effet à la propagande patriotique et tout discours qui viendrait briser l'élan guerrier de la nation disparaît des imprimés. Face au mensonge d'État, la résistance s'organise. Des « journaux de tranchées » rédigés au front directement par les soldats et les officiers voient le jour ; à l'arrière, des périodiques comme *Le Canard enchaîné* se donnent pour but de résister au « bourrage de crâne » par le rire.

➤ Un souci de vérité

La littérature participe de cet effort de vérité. De nombreux soldats prennent la plume pour raconter un quotidien difficilement imaginable par ceux qui ne l'ont pas vécu. Ce souci de **transmettre une réalité terrible sans l'atténuer**, sans la cacher sous des effets de style trop prononcés, est présent dès le premier récit de guerre de Genevoix, *Sous Verdun*, publié en 1916. La censure s'est montrée peu clémente à l'égard de cet ouvrage dont des pages entières disparaissent à l'impression, parce que non conformes à la version officielle des faits. Le roman est remarqué par la critique et même pressenti pour le prix Goncourt, mais celui-ci est finalement remporté par un autre récit de guerre, *Le Feu* d'Henri Barbusse (1873-1935).

➤ Une expérience en question

Avec *La Mort de près*, l'optique du témoignage se trouve quelque peu décentrée, car celui-ci est décalé dans le temps. Ce n'est pas le détail précis des événements mais désormais une **vérité psychologique** qui prime. Les souvenirs que l'auteur réunit interrogent l'essence – la nature profonde – de la vie d'un soldat envoyé au front : comment faire pour vivre sans cesse à proximité immédiate de la mort ?

EN UN COUP D'ŒIL

Chronologie

29 novembre 1890 : Naissance de Maurice Genevoix.

1er août 1914 : Ordre de mobilisation générale en France et en Allemagne.

5 août 1914 : Suspension de la liberté de presse et rétablissement de la censure.

25 avril 1915 : M. Genevoix est grièvement blessé par trois balles. Après sept mois d'hôpital, il est déclaré inapte à poursuivre le combat, car son avant-bras et sa main gauche restent paralysés.

10 septembre 1915 : Premier numéro du journal satirique *Le Canard enchaîné*, se donnant pour tâche de lutter contre la censure et le bourrage de crâne.

1916 : Publication de *Sous Verdun* de M. Genevoix, remarqué par la critique. *Le Feu* d'Henri Barbusse, autre récit sur la Première Guerre mondiale, remporte le prix Goncourt et un large succès.

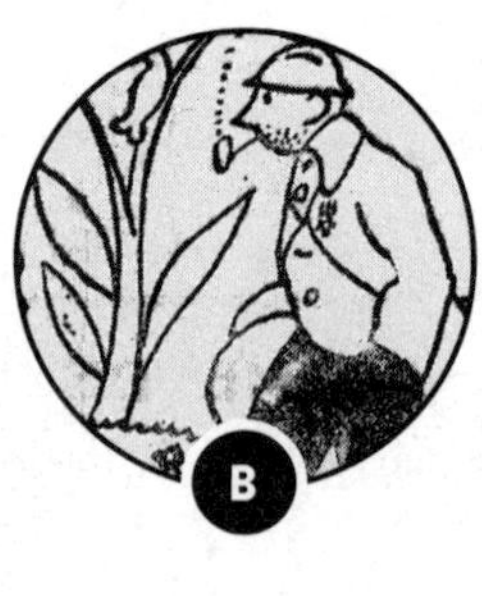

1917 : *Nuits de guerre* de M. Genevoix.

1918 : *Au seuil des guitounes* de M. Genevoix.

11 novembre 1918 : Armistice entre l'Allemagne et les Alliés (France, Royaume-Uni, Italie, États-Unis).

1921 : *La Boue* de M. Genevoix.

1923 : *Les Éparges* de M. Genevoix.

C **1925** : M. Genevoix reçoit le prix Goncourt pour son roman *Raboliot*.

1er septembre 1939 : Début de la Seconde Guerre mondiale.

2 septembre 1945 : Fin de la Seconde Guerre mondiale.

1949 : Publication de *Ceux de 14*, regroupant des versions remaniées de cinq textes sur la guerre de M. Genevoix.

D **1958** : M. Genevoix devient le secrétaire perpétuel de l'Académie française.

1972 : *La Mort de près* de M. Genevoix.

8 septembre 1980 : Mort de M. Genevoix.

E **11 novembre 2020** : Transfert des cendres de M. Genevoix au Panthéon.

C

D

E

GENÈSE DE L'ŒUVRE

Un retour vers le passé

➤ Un auteur très occupé...

Dans les années 1950, Maurice Genevoix est devenu une **figure intellectuelle et médiatique** de premier plan. Depuis 1958, il assume la charge chronophage de **secrétaire perpétuel de l'Académie française** et prend la direction de son Dictionnaire. Il cultive ses relations mondaines en côtoyant intellectuels célèbres, notabilités politiques et présidents de la République, participe à des jurys comme lors du festival de Cannes de 1966 et à différentes instances comme le Conseil international de la langue française ou le Haut Comité pour la défense et l'expansion de la langue française.

➤ ... privilégiant les textes courts...

Le poids de toutes ces responsabilités ne lui laisse pas beaucoup de temps à consacrer à ses propres créations, c'est pourquoi il privilégie pendant cette période les écrits courts. Il publie d'abord, entre 1968 et 1971, une **série de bestiaires** dans lesquels il raconte ses souvenirs de rencontres avec des animaux et met en scène la nature luxuriante du Loiret et d'ailleurs. Mais ces pages ne cessent d'être hantées par le souvenir de la guerre de 1914, d'autant plus présent qu'en 1964 le réveil de ses anciennes blessures de combat avait entraîné son hospitalisation. Le premier chapitre de *Tendre bestiaire* (1969), par exemple, évoque déjà la vache égorgée dont il est fait mention au premier chapitre de *La Mort de près*.

➤ ... mais toujours préoccupé par la mort

Le thème de la disparition n'est jamais loin. Dans *Bestiaire sans oubli* (1971), Maurice Genevoix formule clairement le projet de se confronter directement à l'idée même de la mort : « Si le loisir m'en est donné, je reparlerai de ces choses, des balles qui passent, des balles qui frappent, et de la mort des jeunes guerriers. Non dans ce livre voué à la vie ; ailleurs, dans un essai venu de rives très lointaines, et que je voudrais secourable[1]. »

Cet engagement est tenu quand, la même année, loin de l'effervescence parisienne, **il rédige, dans sa maison de vacances à Jávea, en Espagne, *La Mort de près* qui sera publié en 1972**. Alors que, depuis l'écriture de *Rémi des Roches* (1922), Genevoix estimait être « délivré[2] » du traumatisme de la guerre, *La Mort de près* marque un véritable retour vers le passé.

....

1. Maurice Genevoix, *Contes et récits*, Tallandier, 1986, p. 23.

2. Voir « Maurice Genevoix : "Ma vraie vocation, c'était la peinture !" », *Le Républicain lorrain*, 11 juin 1972.

GENRE DE L'ŒUVRE

Un essai

Que ce soit dans ses brouillons ou même au fil du texte lui-même, Maurice Genevoix indique que *La Mort de près* est un « essai », genre difficile à définir précisément tant les formes qu'il peut prendre sont divergentes. Les théoriciens de la littérature ont néanmoins distingué quelques caractéristiques communes à tous les essais – qu'on retrouve dans ce livre.

- ***Parler de son point de vue.*** L'essai est par excellence le genre de la subjectivité. L'auteur est censé y exprimer ses pensées personnelles et sa propre vision du monde. L'usage de la première personne du singulier est donc souvent la règle, ce qui rapproche fortement l'essai de l'autobiographie.

- ***Dire la vérité.*** L'essai obéit à un principe de vérité : l'essayiste doit être de bonne foi dans tout ce qu'il confie à ses lecteurs. L'essai doit donc souligner la frontière infranchissable qui le sépare du territoire de la fiction. Dès le début de *La Mort de près*, Maurice Genevoix dit ouvertement qu'il refuse « les facilités, l'aiguillon et le plaisir de l'arrangement, de l'affabulation » (p. 34, l. 22-24).

- ***Transmettre un savoir.*** Ce n'est pas un hasard si l'on classe l'essai sous l'étiquette de « littérature d'idées » : il se donne pour tâche d'exprimer les réflexions de l'auteur sur un sujet particulier. Ce savoir ne se présente pas nécessairement sous la forme d'une argumentation implacable. Genevoix écarte d'ailleurs explicitement cette possibilité : « Cet essai n'est pas une thèse » (p. 49, l. 361). Il s'agit plutôt d'un savoir ouvert, à la construction duquel le lecteur doit participer. Le mot *essai* comporte d'ailleurs cette notion d'inachèvement : l'essayiste ne fait qu'« essayer » de donner une image exacte de son sujet.

• ***Raconter pour réfléchir et faire réfléchir.*** Les *Essais* fondateurs de Montaigne constituent un vaste recueil d'anecdotes autobiographiques. Réflexion et narration y sont étroitement liées : ainsi, c'est à partir du récit d'un accident de cheval presque fatal que Montaigne se met à réfléchir sur la mort. Dans *La Mort de près*, on retrouve cette alternance entre passages réflexifs et narratifs. C'est même le choix assumé de l'auteur de donner une place prépondérante à « une narration, un récit scrupuleux des faits » (p. 35, l. 57).

Les Essais *de Montaigne*

Michel de Montaigne (1533-1592) prévenait d'emblée son lecteur : « Je suis moi-même la matière de mon livre[1]. » Ses *Essais*, parus entre 1580 et 1595, en trois volumes, ont fondé le genre littéraire auquel ils ont donné leur nom. Ils sont composés d'une multitude de chapitres traitant les sujets les plus divers : de l'éducation, des Amérindiens, de la manière de monter à cheval... Pour Montaigne, tout est matière à réflexion, d'autant que son but n'est pas de donner des leçons, mais de susciter le doute pour questionner nos certitudes.
Le thème de la mort occupe une place importante dans les *Essais*, dont un chapitre célèbre est intitulé « Que philosopher, c'est apprendre à mourir ». Montaigne avait inclus au centre de son livre des écrits du poète Étienne de La Boétie (1530-1563), dont il était très proche et dont le décès prématuré, qu'il évoque au chapitre « De l'amitié », l'avait beaucoup affecté.

1. Michel de Montaigne, *Essais*, Flammarion, coll. « GF », 1969, tome I, « Au lecteur », p. 35 ; nous modernisons l'orthographe.

POUR MIEUX INTERPRÉTER

Témoigner pour une génération

➤ Une démarche autobiographique entreprise au nom d'une génération

Dans *La Mort de près*, la démarche de Maurice Genevoix est autobiographique : il raconte un événement réel de sa propre existence. L'auteur, le narrateur et le personnage principal du récit ont la même identité. Une sorte d'introduction noue ce qu'on nomme le « pacte autobiographique [1] » : **l'auteur présente clairement son projet d'écriture**, pose sa voix, choisit le ton et le registre dans lesquels il parlera, instaure les relations qu'il entend avoir avec ses lecteurs, définit la perspective générale dans laquelle il souhaite inscrire la narration de sa propre vie.

On trouve dans *La Mort de près* un jeu complexe de points de vue caractéristique du genre autobiographique. Le *je* y est pluriel. En effet, on ne voit pas seulement le monde à travers les yeux de l'écrivain de quatre-vingt-deux ans qui se remémore sa vie passée : les perceptions de l'enfant, de l'adolescent, du jeune adulte interfèrent également dans la narration. **Les points de vue alternent** ; l'auteur âgé vient sans cesse commenter le ressenti du jeune soldat de vingt-quatre ans. Ainsi en va-t-il de la mort elle-même, qui constitue le thème central du livre : si le jeune soldat croit fermement, ou plutôt, a besoin de croire à une bonne fortune qui le protège et le sauve *in extremis*,

....

1. Voir Philippe Lejeune, *L'Autobiographie en France*, Armand Colin, 1971.

le vieil homme n'en croit rien et n'y voit que le fruit d'un hasard absurde qui n'obéit à aucune règle.

Et pourquoi prendre la plume pour raconter cette expérience personnelle ? Quand Maurice Genevoix était en train d'être évacué du front en raison de ses blessures, son ami, le docteur Le Labousse, lui lançait un énigmatique « Oubliez-nous » (p. 98, l. 452). Prendre la plume pour raconter la guerre, la souffrance, la vie dans le voisinage de la mort, c'est précisément désobéir à cette injonction ; c'est témoigner pour toute une génération, s'assurer que le souvenir de son sacrifice se perpétue par l'écriture. Si Genevoix se met à écrire, c'est qu'il parle au nom de toute la génération décimée par la Grande Guerre. Ce n'est d'ailleurs pas un hasard si, dans *La Mort de près*, la narration à la première personne du singulier s'efface bien souvent devant celle à la première personne du pluriel.

➤ La force critique du réalisme

On repère dans *La Mort de près* un certain nombre de critiques explicites du monde de la guerre. Plus d'une fois, Maurice Genevoix dénonce, au nom de ses compagnons d'armes, les traitements injustes et inhumains qu'ils subissent de la part du haut commandement militaire. Il s'insurge contre le fait qu'on les oblige à retourner sur les mêmes champs de combat où ils avaient failli perdre la vie, en dépit de toute logique psychologique ; qu'on les accuse sans véritable preuve de s'être volontairement mutilés pour ne pas retourner au front ; qu'on établisse des stratégies militaires qui n'épargnent pas leurs vies et qui les réduisent à de la chair à canon.

Cependant ces dénonciations explicites sont rares, car **Genevoix préfère rapporter scrupuleusement les faits plutôt qu'argumenter**. Or, si les faits en eux-mêmes sont neutres, la façon de les raconter ne l'est pas.

C'est en grande partie dans le récit lui-même que réside la portée critique de *La Mort de près*. Si l'on s'en tient aux faits, ce texte aurait pu être un excellent récit de propagande montrant le courage héroïque des soldats français, à travers le personnage d'un jeune officier trompe-la-mort qui, après s'être endurci à l'épreuve du feu, après avoir longuement résisté à la fatalité, se retrouve grièvement blessé et évacué du front. Sauf que l'auteur n'a certainement pas choisi de présenter les choses de cette façon. Au contraire, son écriture se montre fidèle aux principes d'un mouvement culturel et artistique de la seconde moitié du XIXe siècle auquel appartenait son écrivain de prédilection, Maupassant : il s'agit du réalisme, qui stipule que l'art doit imiter le réel dans sa totalité, dans toute

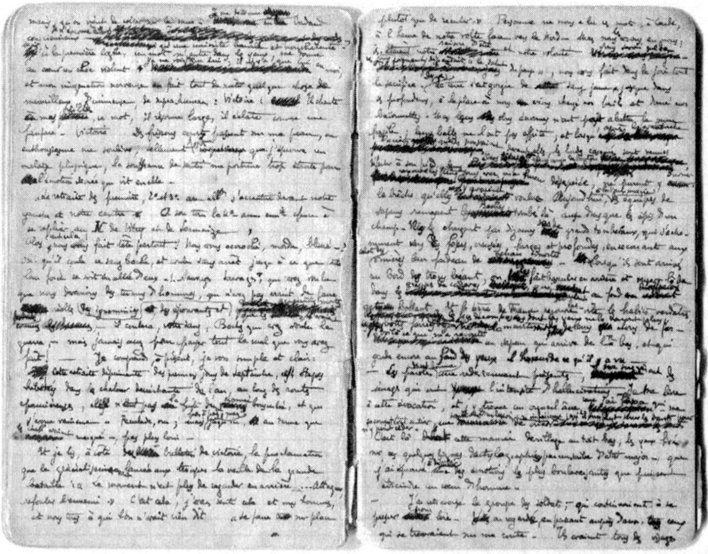

Carnet des notes prises sur le front par Maurice Genevoix, qui constitueront les premières pages de *Sous Verdun*.

sa complexité, sans jamais reculer devant ses aspects les plus sombres, les moins flatteurs, les plus violents.

La plume de Maurice Genevoix s'applique à restituer toutes les horreurs de la Grande Guerre avec une extrême précision. Tous les portraits saisissants des blessés, toutes les images détaillées des corps suppliciés des soldats participent à la critique de la guerre dont le texte est porteur. Une description n'est jamais neutre ; ici, elle est même un outil puissant de dénonciation.

➤ Un langage poétique au service de la transmission

Pour mieux faire comprendre le quotidien des soldats à ses lectrices et à ses lecteurs, Maurice Genevoix recourt à de **nombreuses figures de style**, qui accroissent la puissance évocatrice du texte.

Afin d'exprimer l'omniprésence de la mort au front, il la personnifie sous les traits d'un « effrayant compagnon » (p. 108, l. 27) qui le suit partout, qui se montre plutôt discret mais dont on entend parfois le « ricanement » (p. 108, l. 42). Plusieurs comparaisons animales viennent également renforcer cette idée d'une présence constante et menaçante.

Les corps meurtris des soldats font l'objet d'un travail semblable, qui se sert de toute la puissance expressive du langage pour traduire à la fois l'horreur du spectacle et la souffrance humaine. Après l'explosion d'obus, des « débris humains » (p. 77, l. 54) se répandent partout. Quant aux grands blessés, la douleur ne cesse de les torturer tout en leur laissant régulièrement quelques moments de répit, « comme une vague » (p. 103, l. 591) qui se retire pour ensuite revenir avec une plus grande violence.

STRUCTURE

Trois souvenirs

Avertissement
Ce tableau contient des révélations sur l'intrigue.

TOUT HOMME... [PROLOGUE]
L'auteur présente **son projet d'écriture** et la façon dont il entend le réaliser : il s'agit de raconter, avec sobriété et en respectant scrupuleusement les faits, ses trois face-à-face avec la mort lors de la Grande Guerre. Il estime que cette narration sera bienfaisante et susceptible d'aider tous les hommes.
1. LA MORT BOURDONNE
Genevoix revient sur **deux souvenirs d'enfance** pendant lesquels la mort a fait irruption. D'abord, le jeune enfant conçoit l'idée de la mort quand il prend conscience qu'un chevreau est destiné à être abattu, cuit et mangé. Ensuite, il est témoin de la mise à mort d'une vache, dans le sang de laquelle il baigne sa jambe cassée pour la fortifier. Par la suite, l'auteur raconte sa découverte du front.
2. LA PREMIÈRE FOIS
Ce chapitre raconte les combats de septembre 1914 dans les bois de Saint-Remy. C'est lors de ces combats que **Genevoix fait face pour la première fois à la mort** : il croit être grièvement blessé au ventre.

3. LA DEUXIÈME FOIS

La guerre de mouvement a désormais laissé place à une guerre de tranchées. Ce chapitre raconte les combats dans le secteur des Éparges en février 1915. C'est dans ce contexte que **l'auteur fait face à la mort pour la deuxième fois** : un obus éclate devant lui.

4. LA TROISIÈME FOIS

Les événements de ce chapitre ont lieu à la fin du mois d'avril 1915. Déployé en ligne continue, le bataillon de Genevoix doit faire face aux assauts et aux bombardements allemands particulièrement violents. C'est à ce moment-là que l'auteur **fait sa troisième rencontre avec la mort**. Tandis qu'il se déplace dans la tranchée, il devient visible à l'ennemi à travers une brèche dans les fortifications : un soldat allemand en profite alors et le crible de trois balles.

La suite du chapitre raconte son évacuation vers l'hôpital militaire de Verdun.

ÉPILOGUE

L'auteur réaffirme dans cette conclusion les grands principes de son projet d'écriture : communiquer, partager une expérience commune à toute sa génération décimée par la mort.

Il en tire également une conclusion philosophique : la mort est plus insoutenable lorsqu'on en fait l'expérience de loin qu'au moment où on la vit de près.

PERSONNAGES

L'auteur et ses compagnons

Maurice Genevoix

Il est à la fois le narrateur et le personnage principal de *La Mort de près*. Le vieillard survivant s'exprime à la première personne du singulier pour raconter son expérience et porter un regard rétrospectif sur le jeune soldat qu'il fut.

La mort

Elle est presque un personnage à part entière, dont la présence est assimilée par plusieurs métaphores à celle d'un être vivant. Elle rôde autour des combattants et se voit ainsi qualifiée d'« effrayant compagnon » (p. 108, l. 27).

Les compagnons de Genevoix

Si *La Mort de près* contient de nombreux personnages, la plupart sont réduits à de simples mentions. La brièveté de l'ouvrage peut en partie expliquer cela. Cependant nous pouvons tout aussi bien considérer qu'il s'agit d'un parti pris dont le but est de communiquer aux lecteurs le vécu de la génération des soldats de quatorze. Car, comme l'écrivait Genevoix, « ceux de [s]on âge, avant d'avoir trente ans, s'ils cherchaient des yeux autour d'eux leurs compagnons de la veille ne voyaient plus guère que des morts » (p. 107, l. 18-20). Refuser aux compagnons le statut de personnage, les réduire à des noms voués à une disparition prochaine, était sans doute la meilleure façon de faire sentir au lecteur la brutalité d'une guerre meurtrière au centre de laquelle s'inscrit l'absence réitérée d'êtres devenus chers.

Ces hommes apparaissaient déjà dans *Ceux de 14* (1949). Le plus souvent, ils sont cités sous pseudonyme, selon une habitude prise par l'auteur dès son premier récit, *Sous Verdun* (1916). Par exemple, le médecin LE LABOUSSE s'appelait en réalité Maurice Lagarrigue. En revanche, ROBERT PORCHON est l'un des rares soldats à figurer sous son vrai nom. Il fut un véritable frère d'armes pour Genevoix, qui lui dédie *Sous Verdun*. Sa mort aux Éparges, le 7 mars 1915, est annoncée très sobrement dans *La Mort de près*.

EN UN COUP D'ŒIL

Carte mentale

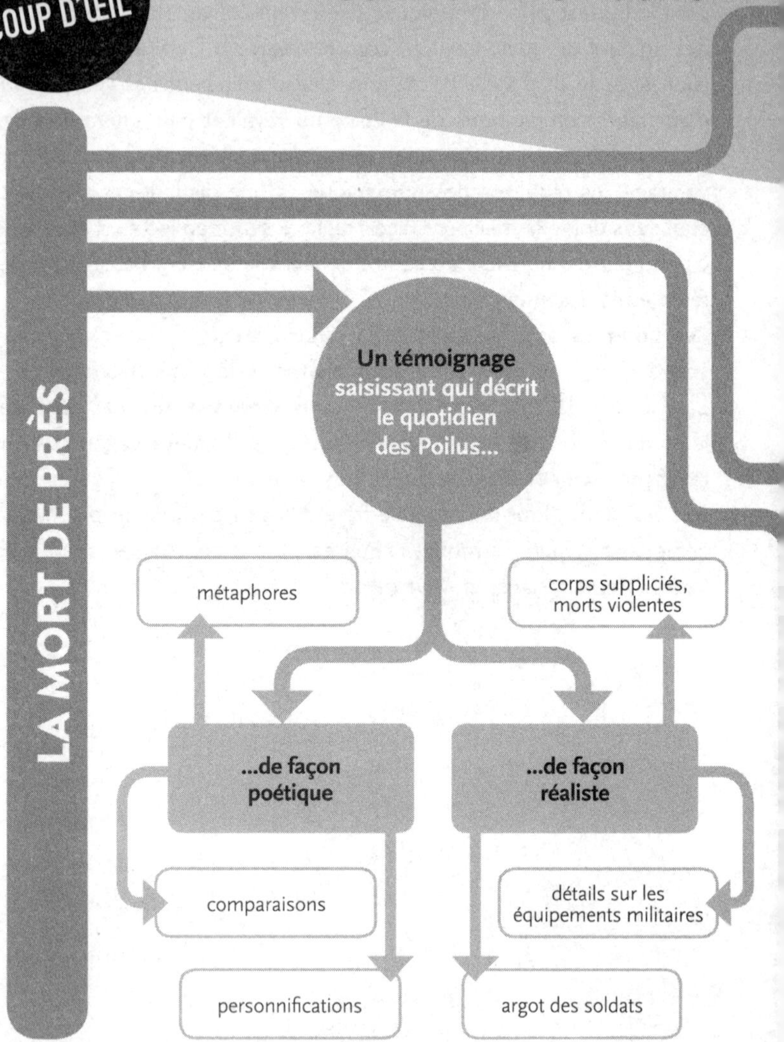

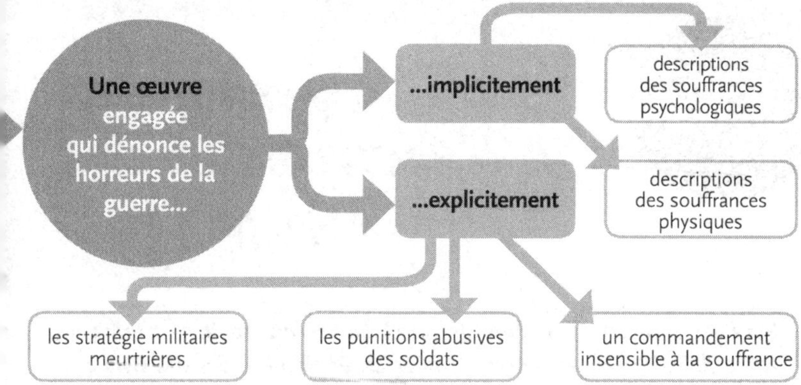
Une œuvre engagée qui dénonce les horreurs de la guerre...
...implicitement
...explicitement
descriptions des souffrances psychologiques
descriptions des souffrances physiques
les stratégie militaires meurtrières
les punitions abusives des soldats
un commandement insensible à la souffrance

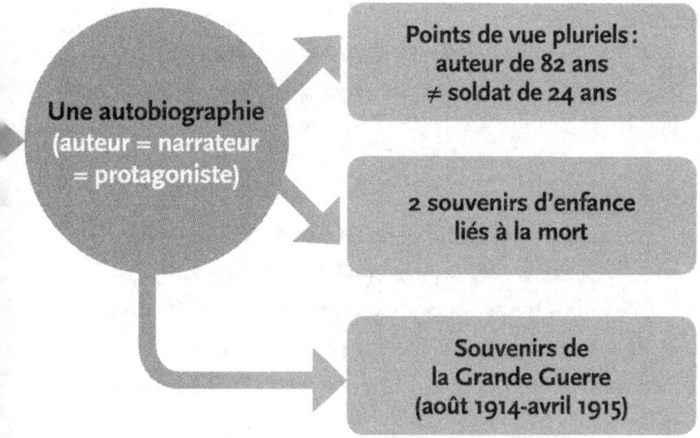
Une autobiographie (auteur = narrateur = protagoniste)
Points de vue pluriels : auteur de 82 ans ≠ soldat de 24 ans
2 souvenirs d'enfance liés à la mort
Souvenirs de la Grande Guerre (août 1914-avril 1915)

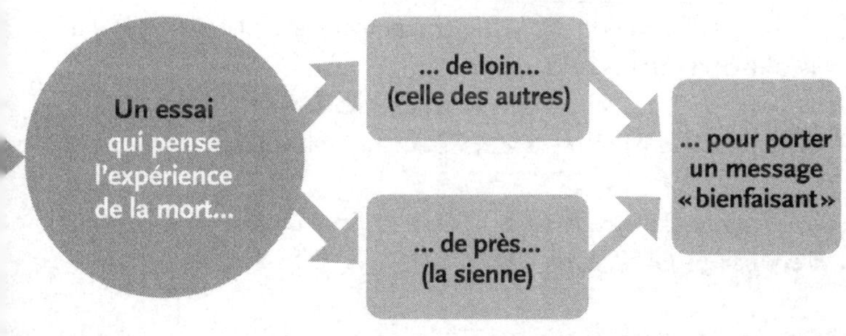
Un essai qui pense l'expérience de la mort...
... de loin... (celle des autres)
... de près... (la sienne)
... pour porter un message « bienfaisant »

À VOS MARQUES !

L'atelier des lectrices et des lecteurs

Pour lire efficacement, annotez le texte ! Vous pouvez souligner, surligner, écrire dans la marge et même corner les pages ou coller des signets... Et aidez-vous des questions qui suivent !

Avant d'entrer dans le livre

A. Quelles informations le titre de ce livre vous apporte-t-il ?

B. Quelles hypothèses l'illustration sur la couverture vous permet-elle de faire ?

L'essentiel au fil du texte

C. Quel âge l'auteur a-t-il quand il écrit *La Mort de près* ? Quel âge avait-il lorsque la Première Guerre mondiale éclate ?

D. Quels sont les différents lieux des combats évoqués dans le texte ? Servez-vous de la carte (p. 32) pour les situer.

E. Notez les éléments qui décrivent le quotidien d'un soldat.

Notez vos premières impressions

F. Quelle confrontation de Maurice Genevoix avec la mort vous a le plus marqué(e) ? Pourquoi ?

G. Qu'avez-vous ressenti à la lecture de *La Mort de près* ? Pourquoi ?

H. Selon vous, quel(s) message(s) l'auteur a-t-il voulu transmettre ?

Et pour récapituler votre lecture, utilisez la fiche de lecture à remplir et à découper en fin d'ouvrage !

LA MORT DE PRÈS

Maurice Genevoix

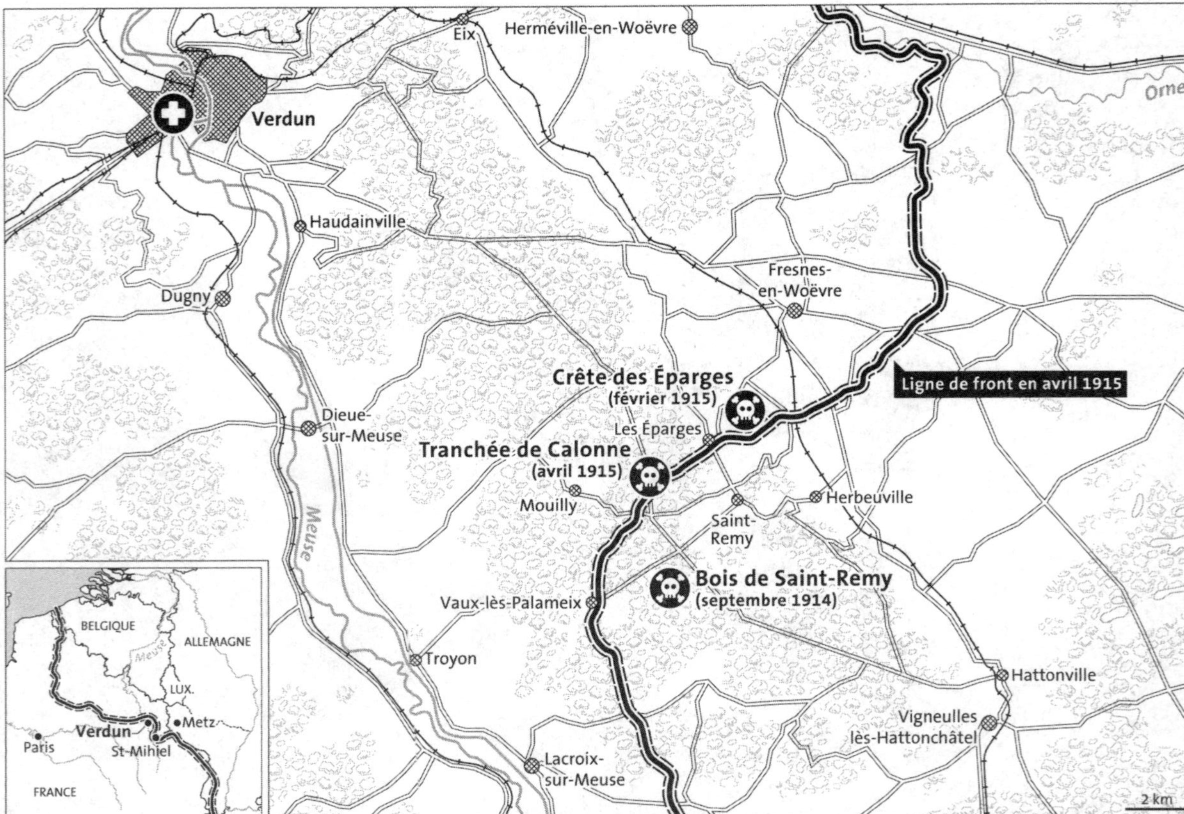

Verdun
Eix
Herméville-en-Woëvre
Orme
Haudainville
Dugny
Fresnes-
en-Woëvre
Crête des Éparges
(février 1915)
Ligne de front en avril 1915
Dieue-
sur-Meuse
Les Éparges
Tranchée de Calonne
(avril 1915)
Mouilly
Herbeuville
Saint-
Remy
Meuse
Bois de Saint-Remy
(septembre 1914)
Vaux-lès-Palameix
Troyon
Hattonville
Vigneulles
lès-Hattonchâtel
Lacroix-
sur-Meuse
2 km
BELGIQUE
ALLEMAGNE
Meuse
LUX.
Verdun
Metz
Paris
St-Mihiel
FRANCE

Tout homme est solidaire. Il est ainsi comptable[1] de ce qu'il est en mesure de transmettre. Et il l'est dans la mesure même de ce qu'il a personnellement reçu. L'heure est venue pour moi d'y songer.

À vrai dire, ce n'est pas d'aujourd'hui. Quelque chose déjà, et qui me dépassait, une prise de conscience obscure, mais vive et forte, avait en ces dernières années orienté peu à peu ma plume vers une écriture plus directe, plus spontanée, un dialogue avec le lecteur qui ne recourait plus au truchement[2] d'une fiction romanesque, d'un apologue[3] ou d'une légende imaginés, mais seulement à ma propre mémoire et à mon expérience d'homme.

Y songer aujourd'hui, et ainsi, c'est rejoindre mon premier témoignage d'écrivain. Quand j'écrivais *Ceux de 14*, le sentiment ne m'a jamais quitté de répondre à une obligation. La sorte d'événements qu'il m'était imposé de vivre, le caractère des réalités auxquelles se confrontaient ma sensibilité et mon intelligence de vivant non seulement commandaient et soutenaient à mesure mon effort d'écrivain témoin, mais encore m'entraînaient vers un parti pris d'obéissance – ou, si l'on

1. **Comptable** : responsable.
2. **Au truchement** : à l'intermédiaire.
3. **Apologue** : histoire imaginaire courte dont le but est d'enseigner une règle de vie.

veut, d'humilité, de soumission à l'objet, au quotidien vécu –, m'amenaient à opter pour la forme du journal, en refusant les facilités, l'aiguillon et le plaisir de l'arrangement, de l'affabulation [1], ceux-ci seraient-ils inspirés par le souci d'une vérité plus vraie, d'un effet juste, littérairement parlant, mais d'un effet délibéré.

Aujourd'hui comme alors, c'est ainsi que je voudrais témoigner. Seulement, entre mon témoignage d'homme jeune et celui qui me requiert maintenant, il y a la durée d'une vie, son poids, peut-être sa sérénité.

Je voudrais revenir sur ce mot. Certes, je reconnais le garçon du temps de la guerre, le soldat que j'ai été ; mieux sans doute, et plus fraternellement que je l'eusse fait en ma maturité. Mais si je sens comme au premier jour les émotions qui l'ont secoué, ses indignations, ses révoltes, sa pitié, son courage et sa peur, il me semble aujourd'hui que nous pouvons, lui et moi, confronter nos témoignages, les unir, en accroître ainsi la force et en prolonger l'écho.

À ce garçon qui était moi, je devrai dans cette tentative l'apport d'une connaissance marquée au vif de sa chair mortelle. Il me devra, peut-être, celui de cette sérénité dont je parlais il y a un instant et à laquelle, au long des années, la connaissance qu'il m'a léguée aura certainement contribué. Ainsi se définit et se précise le but qui me sollicite aujourd'hui.

Les circonstances, aux environs de ma vingt-cinquième année, ont voulu que j'eusse de la mort, par trois fois, une expérience réellement vécue. C'est très exactement dire : vivre sa propre mort, et survivre. Ce souvenir m'a suivi constamment, comme une trame [2] enlacée à la chaîne de mes jours.

....

1. **Affabulation** : mensonge.
2. **Trame** : ensemble de fils.

J'ajoute tout de suite qu'il m'a aidé, qu'il m'aide encore, que je le sais, que j'en suis sûr, et que cette certitude détermine ma tentative actuelle : relater pour transmettre, comme le dépositaire d'un message qui devrait être bienfaisant.

Que l'on n'attende donc pas de moi des méditations [1] sur la mort que je laisse au gré de chacun, pas davantage des révélations aux frontières d'un passage sans retour, rien d'autre qu'une narration, un récit scrupuleux des faits qui m'ont conduit à frôler cette frontière jusqu'au seuil de l'inconnu, et peut-être un peu au-delà. Mais cela seul, je le crois fermement, peut venir assister et aider d'autres hommes. Je dirais volontiers : tous les hommes.

1. **Méditations** : réflexions générales.

– 1 –

La mort bourdonne

Je suis resté sur la ligne de feu comme sous-lieutenant d'infanterie[1], puis lieutenant, puis commandant de compagnie, du mois d'août 1914 au soir du 25 avril 1915. Séjour relativement bref, si l'on compte chronologiquement ; long séjour, plus de la moitié de la guerre, si l'on prend comme référence le chiffre proportionnel des morts.

J'ai vécu la guerre de mouvement, le passage de la Meuse, la retraite, les jours de la Marne, les batailles des Hauts-de-Meuse à l'automne, les massacres dans la boue des Éparges, la guerre de mines, les surprises, les alertes, comme cette affaire de la Tranchée de Calonne où trois balles devaient m'abattre. Ce fut la troisième fois que, *normalement*, j'aurais dû être tué ; la seule, en vérité, où la mort m'a désigné, saisi, entraîné vers l'autre côté ; de ces trois fois pourtant la moins brutale, la plus clémente, la plus douce. J'y arriverai le moment venu.

Auparavant, il me semble nécessaire de reparcourir les chemins qui m'ont conduit vers ces affrontements. Il y a une

1. **Infanterie** : ensemble des soldats à pied dans l'armée de terre.

approche du danger, avec ses hauts et ses bas, ses esquives raisonnées et ses ruses instinctives, ses fléchissements, ses sursauts courageux. Il s'agit bien du danger de mort, d'une mort qui cesse d'être perçue comme un concept [1], mais tout à coup et continuellement comme une présence aussi réelle que, par exemple, celle d'un frelon qui va bourdonnant tout autour de votre tête, s'éloigne un peu, revient, vous horripile la peau du frôlement de ses ailes et qui, d'un instant à l'autre, peut piquer, va piquer.

Et, s'il pique…

Loin que j'aie oublié l'épouvante et la révolte qui saisissent un enfant lorsque, pour la première fois, il conçoit l'idée de la mort comme une fatalité personnelle, inéluctable, je pense à une prise de conscience de nature entièrement différente, telle aussi assurément que la peur y reste liée, mais qui souffre l'accoutumance [2] et même, à la limite, une sorte de familiarité. Cela ne va pas sans lutte. Mais cette éducation de soi ne se dérobe pas toujours à la lucidité du contrôle et aux prises de la volonté.

J'ai évoqué, dans un de mes récents livres, deux scènes dont mon enfance a été profondément marquée. Je les rappelle ici parce qu'elles correspondent assez bien, l'une au premier, l'autre au second des modes de connaissance que je viens de distinguer [3].

1. **Comme un concept** : de façon abstraite.

2. **Qui souffre l'accoutumance et […] une sorte de familiarité** : à laquelle on s'habitue.

3. Le premier mode de connaissance est celui de la théorie, tandis que le second est celui de l'expérience vécue. Ainsi, le premier souvenir que raconte par la suite l'auteur concernant l'attendrissant chevreau correspond à la découverte par l'enfant de l'idée de mort en l'absence de son spectacle. En revanche, le deuxième

Avais-je quatre ans, en ce jour de printemps radieux où j'ai vu, dans la paix de notre cour, un chevreau blanc téter au biberon ? Il était allongé dans le giron [1] de notre bonne. Cette jeune femme l'entourait de son bras, le visage un peu penché, illuminé par un sourire qu'il faut bien dire maternel. On n'eût rêvé plus attendrissant spectacle : ce geste féminin, ce sourire, ce petit animal ravissant, neigeux, soyeux, plein de vie, qui poussait son museau impatient comme il l'eût fait aux mamelles d'une chèvre… Et soudain cette pensée fulgurante, atroce : on va le tuer, le cuire, le manger. Je hurlai, hurlai à la mort, comme une bête. Qui m'eût fait taire ? Il fallut que ma mère m'emportât dans ses bras.

L'autre souvenir me retrouve « grand garçon ». J'étais dans ma neuvième année. Convalescent d'une fracture, je m'étais vu condamner à tremper ma jambe cassée, pour la revigorer, dans le sang d'une vache égorgée. Cela se passait dans l'échaudoir [2] d'un boucher. J'étais là, sagement assis sur une chaise. L'homme assommait la bête devant moi, d'un coup de merlin [3] qui l'abattait. J'avais beau détourner les yeux, rien ne m'échappait de ce meurtre : chaque pas de la bête sur le sol cimenté, le raclement, dans l'anneau de fer scellé au bord d'un caniveau pavé, du licou halé [4] par le bourreau, la grosse tête masquée de cuir noir qui s'inclinait jusqu'à toucher le sol, le han [5] de l'homme, le choc affreux du merlin qui frappait, le fracas mou du grand corps qui s'effondrait.

....

souvenir, celui de la vache égorgée, offrira à l'enfant une expérience directe de la mort d'un être vivant dans toute sa brutalité.

1. **Dans le giron** : sur les genoux.
2. **Échaudoir** : partie d'une boucherie où l'on abat les animaux.
3. **Merlin** : marteau ou hache servant à abattre le bétail.
4. **Du licou halé** : du harnais tiré.
5. **Han** : cri bref qui accompagne un violent effort.

C'est alors que pour la première fois j'ai vu « couler le sang », le sang rouge, d'un rouge éclatant, au sortir même du corps qu'il animait. Je l'entendais tinter spasmodiquement en heurtant le fond du seau, grésiller en moussant quand le boucher, avec un sourire de brave homme, apportait vite et posait ce seau devant moi :

« Allez, vas-y ! N'aie pas peur ! »

Mais ce n'était pas avoir peur. J'étais bouleversé, écœuré, mais terriblement attentif. C'était chaud, enveloppant. Cela vivait contre ma peau, plus chaud qu'elle, et bientôt juste aussi chaud, et peu à peu *presque* aussi chaud, à peine chaud, plus froid, vraiment froid : une chose morte, un énorme caillot tremblant, une gaine molle dont j'arrachais péniblement ma jambe, d'où elle sortait enfin avec un bruit de succion goulue lorsque l'air s'engouffrait dans le trou qu'elle abandonnait.

M'eût-on décrit d'avance ce rite barbare et le rôle qui m'y était assigné, je pense que j'aurais fui vers quelque asile inaccessible. Mais je restais, tenu par une discipline familiale et sociale qui à la lettre me possédait, maintenu et même rappelé, d'un abattage au suivant, par une prise en main volontaire qui sauvegardait vaille que vaille mon instinct de liberté, et non pas m'habituant jusqu'à vaincre mon refus profond, mais acceptant l'affreuse réalité à laquelle j'étais confronté.

Je ne sais plus si j'ai songé à ces épreuves enfantines quand je me suis vu au contact de la réalité guerrière. Peut-être, à Esnes, le soir qui a suivi mon arrivée au front, en voyant un soldat aux bras nus égorger un mouton étendu et lié sur une porte. Si j'y songe aujourd'hui, c'est à cause d'une similitude qui unit encore à mes yeux l'un et l'autre souvenir. Similitude qui dépasse l'incident[1]. Car il allait s'agir, cette fois, d'une habitude à conquérir, d'une adaptation à parfaire, si laborieusement et douloureusement que ce fût, sous peine d'une désagrégation intérieure progressive et sans recours.

Il faut dire que le temps nous était marchandé. Un test, si j'ose ainsi parler, n'attendait pas le suivant : les pulsations encore lointaines du canon, bientôt les « coups de départ » énormes de nos pièces de 120[2], à la lisière des bois de Septsarges, puis les abois des 75, déjà le vol des obus sur nos têtes, sifflement rageur des petits calibres, ronronnement soyeux des gros, ces chuintements presque lents qui nous faisaient lever la tête et chercher des yeux dans le ciel ces étranges choses, porteuses de mort.

Un peu plus tard, très peu, quelques heures. Il semble, lorsque « ces choses » fondent sur nous, et qu'elles tonnent en éclatant, que leur poids ait soudain centuplé. La terre tremble sous nos corps, on en compterait chaque pulsation. Hors des ramures déchiquetées jaillissent des tournoiements de feuilles qui assombrissent encore, sous le soleil, des fumées noires, des fumées rousses. Le tronc d'un hêtre, frappé de plein fouet, craque de toute sa membrure serrée, se brise soudain, s'abat dans un crépitement de branches, de stridences pareilles à des cris.

Nous sommes plaqués contre le sol, genoux et ventre, les épaules et la tête sous le sac : cela s'appelle « faire la tortue ». Pendant une brève accalmie, je risque un œil hors de la carapace. Et je vois le regard d'un homme qui fait flèche au-devant

1. **Incident** : petit événement imprévu.

2. Les **120** et **75** sont des pièces d'artillerie, respectivement des obusiers et des canons.

du mien. C'est le premier. Pendant la seconde qui suit, deux, trois autres regards m'atteignent. Tous ont la même expression attentive, sans malveillance aucune, mais très aiguë.

Voilà une aide que je n'attendais pas. J'ai senti une onde chaude, merveilleusement tonique et bonne, se propager dans tout mon être. Une vérité a passé, bienveillante, bienfaisante ; que je me rappellerai désormais.

C'est un des privilèges de l'officier de troupe que d'être ainsi conduit à l'oubli de lui-même par la conscience acquise de ses responsabilités. Des privilèges, il en a eu quelques autres, plus tard, d'ordre matériel ceux-ci, à partir du moment où la routine des secteurs a ramené les bataillons dans les mêmes cantonnements de repos : un lit souvent, un toit, une « popote » que venaient varier à l'occasion les facilités de la solde [1]. Mais pendant les premiers mois, il partageait intégralement la misère et les souffrances de ses hommes : les mêmes marches harassantes, la même soif, le ravitaillement incertain, les raves déterrées dans les champs, la dysenterie [2], la paille des granges, les nuits glacées sans couverture, les heures de pluie interminables dans le fond visqueux d'un fossé, et, bien sûr, les mêmes dangers.

Un peu plus, même, s'il est possible. Devant le froid, la faim, la boue, deux hommes grelottants qui se serrent l'un contre l'autre, la chaleur qu'ils partagent est la même, l'un d'eux eût-il un galon sur la manche. Mais au feu, ce galon comptait. Signe visible d'autorité, il n'eût été que ce signe et rien d'autre s'il n'eût d'abord obligé corps et âme le garçon qu'il désignait. Souvent presque un gamin encore : c'était mon

1. **Solde** : salaire du soldat.
2. **Dysenterie** : infection grave et douloureuse de l'intestin.

cas, je n'avais pas tout à fait vingt-quatre ans, mon camarade Porchon vingt et un. Ce galon neuf barrait le travers de nos manches ; de surcroît une large bande noire, sous la vareuse, agrémentait nos culottes garance [1]. C'est une sensation très particulière, dans le crépitement anonyme d'une bataille d'infanterie en rase campagne, de se rendre compte tout à coup que l'on est personnellement repéré, visé par un « tireur d'officiers » assisté d'un homme à jumelles, en hommage à ces bandes noires et à ce beau galon d'or. S'arranger de cette sensation-là, c'était déjà parfaire l'apprentissage, s'aguerrir en improvisant.

Mais je viens d'anticiper. Entre les « chaudrons [2] » de Septsarges et ce sixième jour de septembre, pour nous premier jour de la Marne, nous avions dû subir quelques autres marmitages [3]. Les Allemands n'avaient pas que des tireurs d'élite et de bonnes jumelles d'Iéna. Ils disposaient aussi d'obusiers lourds dont la portée excédait de plusieurs kilomètres celle de nos rimailhos [4]. Ainsi ces premiers « duels d'artillerie » justifiaient-ils déjà l'ironique définition qu'allaient adopter les pousse-cailloux [5] : ils se réglaient sur le dos des biffins [6].

Même dans une tranchée dite « pour tirailleurs debout », on se sent incroyablement vulnérable. Et les minutes, entre les rafales, paraissent ne devoir point finir. Je vois encore deux de mes hommes, ayant décroché leurs pelles-pioches, creuser

1. **Garance** : d'un rouge vif.
2. **Chaudrons** : obus.
3. **Marmitages** : attaques d'obus.
4. **Rimailhos** : obusiers.
5. **Pousse-cailloux** : soldats de base.
6. **Biffins** : soldats à pied.

frénétiquement dans la paroi face à l'ennemi des niches profondes, des espèces de terriers où ils s'enfonçaient peu à peu, jusqu'à ne plus montrer que la rondeur de leur séant et les clous de leurs semelles. Peut-être cela m'a-t-il distrait : je pense que j'en avais besoin.

Le bombardement s'apaisa. Le soleil se couchait dans un ciel purifié, un rayonnement splendide et doux. Je sortis de la tranchée, heureux de me détendre dans le frais crépuscule, de marcher à travers la luzerne [1], grasse et lustrée, où la tranchée n'était déjà plus, à quelques pas, qu'une griffure pâle à peine distincte. Mon pied, entre deux touffes, fit tinter une chose dure et lourde. Je me baissai, ramassai une fusée de cuivre, encore chaude, gravée de lettres et de chiffres. Des éclats luisaient çà et là. J'en ramassai aussi quelques-uns, monstrueux, des espèces de demi-obus arrachés dans toute leur longueur, déchiquetés en tranchants barbelés, en dents de scie meurtrières. Je les soupesai à loisir [2], passai et repassai mon doigt sur leurs aspérités [3] terribles. L'imagination était facile et provisoirement désarmée, jusqu'aux prochains éclats que nous entendrions ronfler, dont le vol bourdonnant nous ferait courber la tête, frelons de guerre en quête d'hommes à tuer.

Le 6 septembre, ce furent les balles. Une brise tiède courait sur les avoines. Si une bataille réelle a ressemblé un jour à celles que j'avais pu imaginer, je consens que ce soit celle-là, du moins en ses toutes premières heures.

Devant nous, en avant de Sommaisne, les obus éclataient sur les toits de Pretz-en-Argonne. La fusillade crépitait de

1. **Luzerne** : plante herbacée.
2. **À loisir** : en prenant mon temps.
3. **Les aspérités** : les bosses et les creux.

toutes parts, dense, par instants frénétique, mais concevable et, si j'ose dire, banale. Nous étions pourtant engagés, et à plein. La ressemblance s'affirmait : nous progressions, déployés en tirailleurs. Je pouvais voir, jusque loin à ma gauche dans la plaine, de minces lignes de soldats bleu et rouge, les unes collées au sol, les autres semblant glisser latéralement, très vite, vers les Allemands encore invisibles. Ainsi avancions-nous, « par bonds ».

Un geste de mon bras droit soulève les hommes autour de moi. Nous courons, j'entends le martèlement des pas, le froissement des épis foulés, les grosses détonations des lebels [1] qui tirent derrière nous. À chaque bond, je cherche des yeux le talus, le pli de terrain qui nous protégera vaille que vaille. Nous y voici, couchés côte à côte, le fusil déjà prêt, épaulé. Mon képi levé à bout de bras, je fais signe à l'autre demi-section. Et aussitôt elle est debout, elle s'élance, nous rejoint, nous dépasse, tandis qu'autour de moi les lebels crachent leur magasin.

Cet allant, cet entrain, cette perfection manœuvrière m'emplissent le cœur d'admiration et, par conséquent, d'enthousiasme. Étions-nous au champ de manœuvres ? Je pensais à la cour de notre caserne bordelaise, trois ans plus tôt, aux assauts dérisoires que nous y avions menés, aux cartouches en bois qu'à grand cliquetis de culasses [2] nous éjections dans la poussière. « Mais cette fois, me disais-je, je me bats, c'est sérieux. »

Le grandissant vacarme m'aidait à cette prise de conscience. Les détonations proches devenaient assourdissantes. Une

1. **Lebels** : fusils.
2. **Culasses** : parties arrière des armes à feu.

mitrailleuse, non loin, trépidait[1] à folle cadence : nous en voyions la fumée bleue, les bandes brillantes que passaient les servants. À la lisière d'un champ de blé quelques hommes, debout, superbes, tiraient posément sur des cibles cachées à nos yeux. Je distinguais le recul de leur arme, bien calée contre leur épaule. Surtout, j'écoutais les balles.

Certaines chantaient par-dessus nos têtes, effilaient un sifflement doux, modulé, qui s'en allait très loin, jusqu'à la limite de l'ouïe. D'autres ronflaient, d'autres miaulaient, d'autres semblaient rebondir dans leur vol, comme si elles eussent ricoché sur l'air même. Parfois, hautes dans le ciel et plus bruyantes que toutes les autres, il en était qui claquaient de telle sorte que je pensais au cinglement d'un fouet géant, d'une brutalité inouïe, et que le visage des hommes, rentrant la tête dans leurs épaules, trahissait l'angoisse et la peur. Mais à cela aussi, il me semblait que je m'habituais.

« En avant ! »

De nouveau ce martèlement de course à mes flancs, ces présences fraternelles, exaltantes, ces souffles exhalés des poitrines. Et soudain, tout contre moi, à ma gauche, la sensation d'un vide, d'une suppression insupportable qui attente à l'ordre du monde.

Avant d'avoir tourné la tête, je sais ce que je vais voir : non exactement cette double secousse de deux jambes lancées en avant, ce raidissement, cette rémission solennelle, mais ce gisant déjà inerte, cette chair morte jetée à terre, ce jeune coureur à jamais immobile dont la place vide continue de me suivre, de me poursuivre.

1. **Trépidait** : était agitée de secousses.

Ce cri rauque, étranglé, qui m'est resté dans les oreilles, qui l'a poussé ? Est-ce lui, ce premier mort dépassé ? Je viens d'en percevoir un autre, un troisième. J'ai entendu aussi, très nettement, à ne pouvoir m'y tromper, le choc des balles qui entraient dans les corps, bref, étouffé, comme d'une lame de couteau assenée par un poing furieux. Désormais, je sais que « le feu tue ».

Je reparlerai des blessés. Ce qui m'a frappé ce jour-là, au fort de la première bataille meurtrière où je me voyais jeté, c'est la pâleur et le fléchissement des traits qui altèrent instantanément leur visage, la détresse qu'avouent leurs yeux, et le désir, avec la fièvre commençante, qui les fait ainsi briller : être loin, le plus loin possible, dans le monde des autres hommes où les balles ne sifflent plus. Tout cela est d'ordre physique. C'est le corps qui comprend dans l'instant presque où il perçoit. Faute de cette participation charnelle, l'intelligence, le raisonnement ne seraient que de faible prise, la générosité guère plus.

Bien plus tard, après des mois de guerre, j'ai rappelé à mon capitaine d'alors, devenu entre-temps mon chef de bataillon, une réflexion qu'il m'avait faite au lendemain de cette journée et qui m'avait âprement révolté. Ce que j'ai dit du regard de mes hommes sous le marmitage de Septsarges, ce que je viens d'écrire sur ma première plongée au cœur d'une bataille meurtrière devrait ici me faire mieux comprendre.

Après une progression trop rapide aux abords du village de Sommaisne, aventurés ainsi en flèche, débordés, à demi tournés, nous reçûmes l'ordre de nous reformer en arrière de Rembercourt-aux-Pots. Nous nous battions depuis midi, et voici que le soir approchait. Nous avions faim, soif davantage. L'artillerie allemande tirait à vue, sur nos troupes en retraite, des bordées de 105 fusants[1]. Nous perdîmes là beaucoup de monde encore.

Un souci lancinant me hantait : ramener le plus d'hommes possible. En vérité ces vides soudains, ces chutes, ces passages dramatiques de la course à l'immobilité, de la vitalité ardente à l'inertie de la matière morte, chacun d'eux venait de m'atteindre dans le sentiment même de ma propre vitalité. J'en étais diminué, amoindri. Dussé-je y mettre plus de temps, je trouverais les cheminements propices, hors des vues des batteries allemandes, je conduirais sans un surcroît de pertes ma section au point désigné : un peu plus de fatigue, soit, mais pas de têtes cassées par les balles des obus fusants[2].

La carte aidant, et l'observation, j'atteignis ainsi Rembercourt. À partir du moment où j'avais guidé mes hommes, je n'avais pas eu un blessé.

Nous rendîmes compte le lendemain matin. Des quatre sections de la compagnie, la mienne était la moins éprouvée : vingt et un hommes tués ou blessés sur un effectif de soixante. C'était beaucoup, mais j'avais bonne conscience. Or, au lieu de l'assentiment[3] que j'attendais, je n'eus qu'un regard étonné, soupçonneux, et un mot qui m'indigna : « Que ça ? » Je m'en indigne toujours aujourd'hui, encore plus que sur le moment. Il allait falloir bien des jours, bien des mois, bien des malheurs pour que de fausses notions théoriques, exécrables, enseignées et transmises à force, cédassent à l'épreuve du feu. Passe encore à la rigueur – disons : explicablement – à l'échelon des hauts états-majors. Mais chez des officiers de

....

1. **105 fusants** : canons.
2. **Obus fusants** : obus qui explosent dans l'air.
3. **Assentiment** : approbation, accord.

troupe ! L'un d'eux, capitaine à mon bataillon, baroudeur[1] venu des contingents d'Afrique, avait salué d'un geste large, le képi balancé comme un feutre de mousquetaire, la première balle qui lui avait effleuré la jambe. Le 6 septembre, une autre balle lui déchira la joue. Il devait être tué aux Éparges, dans une période entre toutes tranquille, et par une balle encore au-devant de laquelle il était allé par défi. Défi absurde, puisqu'il s'agissait de « servir » ; gaspillage insensé d'une vie qui eût pu être utile par le prestige d'un courage insigne, un mépris de la mort qui eût dû être exemplaire, et qui n'a éveillé chez les témoins de ce drame lamentable, avec la peine de perdre un camarade, qu'un regret mêlé de reproche.

Qui a lu *Guerre et paix*[2], s'il a été soldat et s'il est allé au feu, ne peut pas ne pas se souvenir des réflexions qui hantent le prince officier Bolkonsky au conseil des généraux russes : « Le bon capitaine, songe-t-il, n'a pas besoin d'être un génie. Il doit être borné, se tenir en dehors de toute affection, n'avoir aucune pitié, ne jamais réfléchir, ni se demander jamais où est le juste et l'injuste. Alors seulement, il sera parfait. »

On l'entend bien. Tolstoï ne pensait pas ici à l'officier subalterne, à l'humble exécutant qui paie de sa personne au feu. Preuve en est qu'il ajoute aussitôt : « C'est dans les rangs, et là seulement, qu'on peut servir avec la conviction d'être utile. » Napoléon, César ont été de bons « capitaines ». Tolstoï, pour avoir servi dans les rangs à l'armée du Caucase et pour s'y être battu, savait que la pitié, la réflexion, le souci du juste et de

1. **Baroudeur** : homme ayant une grande expérience de la guerre.
2. ***Guerre et paix*** est un roman de l'écrivain russe Lev Tolstoï (1828-1910), publié en feuilleton entre 1865 et 1869.

l'injuste peuvent contribuer au succès des batailles. Parce que la confiance du soldat est à ce prix et que, faute de cette confiance, sous le feu, il aura vite tendance à crier ce « Nous sommes perdus ! » qui provoque les débandades et conduit aux dernières défaites.

Mais j'en voudrais venir et m'en tenir à des considérations moins générales, au niveau d'une vie quotidienne menée au voisinage de la mort. Autant cette idée de la mort, ce sentiment de vivre dans un monde autre, et précisément autre à cause de ce voisinage solennel, autant ils eussent été funestes si, tournant à l'obsession, ils avaient déclenché les délires de l'imagination, autant il importait de n'en pas être distrait. Un cardiaque, menacé d'une embolie [1] foudroyante, et qui le sait, s'il se laissait ainsi obséder deviendrait fou ou se suiciderait. Mais il se soigne, et ses chances avec lui [2]. Même dans les périodes d'accalmie, la mort violente continuait de rôder. Mais il arrivait aussi qu'on pût la sentir approcher et de la sorte déjouer ses embuscades.

Je n'entreprendrai pas d'argumenter pour soutenir une opinion. Cet essai n'est pas une thèse. Qu'il me suffise de rapporter des faits. Le 9 septembre 1914, ma section occupait une tranchée sur le plateau de la Vaux-Marie. Dans le but d'échapper aux vues des avions d'observation, aux *taubes* [3], nous avions creusé cette tranchée le long d'une forte haie d'épines. Vers minuit, nous étions attaqués par des effectifs considérables. Nous nous croyions couverts, à droite et à gauche, par

1. **Menacé d'une embolie foudroyante** : dont les artères risquent de se boucher soudainement.
2. **Et ses chances avec lui** : et il augmente ainsi ses chances de survivre.
3. ***Taubes*** : avions allemands.

deux éléments de tranchée qu'occupait une autre compagnie du régiment. Or, à l'instant où nous aperçûmes tout à coup, à la lueur des éclairs d'un orage qui éclatait, des silhouettes qui fonçaient sur nous, distinctes sur le ciel jusqu'aux pointes de leurs casques, le champ de tir qui nous était donné n'excédait guère une trentaine de mètres. L'effet de surprise avait joué, intégral et sidérant.

Comment aurions-nous su que nos camarades avancés avaient été surpris avant nous et presque tous, hors quelques prisonniers, massacrés à l'arme blanche ? Depuis des jours privés de ravitaillement, fourbus par la retraite et par les récentes empoignades, ils venaient de trouver, dans les caves, les poulaillers et les clapiers de deux villages abandonnés, l'occasion et la substance d'une opulente galimafrée [1]. Assommés par un sommeil lourd, et saignés par des chourineurs [2].

Je commandai un feu à répétition qui balaya la pente devant nous. Un vide venait de se creuser dans les rangs serrés des assaillants. Mais déjà ils refluaient, tournaient de part et d'autre notre tranchée discontinue. Je criai l'ordre de rallier d'autres tranchées qui nous flanquaient un peu en arrière et que tenaient des chasseurs à pied. Il était temps, à peine temps, presque une question de secondes. Je poussai quelques hommes vers la haie, m'y engouffrai moi-même à travers les épines en protégeant mon visage de mes bras. Ceux qui prirent le même parti en furent quittes avec quelques égratignures. D'autres, qui coururent le long de la tranchée pour trouver une issue dégagée, reçurent avant de la trouver des baïonnettes allemandes dans le dos.

1. **La substance d'une opulente galimafrée** : assez de nourriture pour un festin.
2. **Chourineurs** : soldats maniant le poignard et devant éliminer les soldats restants de l'ennemi dans une tranchée qui vient d'être conquise.

Un autre fait. Six mois plus tard, devenu entre-temps commandant de compagnie, je reçus mission de reconnaître et d'assurer une liaison, dans le ravin des Éparges, avec l'autre régiment de la brigade. Ce régiment devait attaquer, le jour même, un des saillants de la crête trop fameuse où les Allemands s'étaient maintenus. Je trouvai sans peine le bataillon que je cherchais, établis la liaison demandée avec son commandant. Les hommes, déjà, étaient en tenue d'assaut, sans sac, baïonnette au canon ; tous debout et serrés dans un pli de terrain ; tous, ceux qui parlaient entre eux à mi-voix et ceux qui se taisaient, avec cette expression de visage que nous avions appris à respecter.

Il s'agissait maintenant de regagner nos propres lignes. Deux de mes chefs de section m'accompagnaient, deux adjudants. J'entrepris de gravir la contre-pente qui nous mènerait, par le plus court, vers nos cheminements familiers. Cependant, j'ouvrais bien les yeux. Nous avions, à l'automne, pris les lignes dans ce ravin. Les souvenirs affluaient, et pourtant j'avais peine à reconnaître ce sinistre endroit. Sinistre, il l'était resté malgré le soleil d'avant-printemps : la même boue sanieuse[1], verdâtre, le même pénible sentiment d'être épié et menacé. Encore plus que par le passé, car les bombardements de février avaient haché les derniers arbres, ménagé de toute part de traîtresses et louches éclaircies.

Je me retournais souvent, cherchais du regard, derrière nous, quelque saillant, quelque bourrelet de terre remuée, la tache sombre d'un bouclier d'acier. Nous montions, un pas après l'autre. Le sentiment de menace qui m'oppressait, et qui

1. **Sanieuse** : puante.

n'avait cessé de croître, devint soudain si vif que je dus m'arrêter comme si une main m'avait touché l'épaule. Il me suffit de lever les yeux : tout près, au milieu de la sente, un téléphoniste[1] achevait de mourir, la tête cassée par une balle, sa bobine de fil à demi déroulée dans la boue. Je n'eus qu'à le montrer du doigt. La lueur de gratitude qui passa dans les yeux de mes compagnons est un de mes bons souvenirs.

Je pourrais rapporter d'autres faits. Tous concourraient à mettre en valeur le rôle de l'observation, de la vigilance attentive, de l'intelligence qui déduit. Elle peut être une défense en même temps qu'elle est un refus ; mais une certaine intelligence, où tout l'être charnel est partie avec le cerveau.

Le matin même du jour où je devais tomber, je fus chargé encore d'une mission de liaison. Je commandais la compagnie de gauche de notre dispositif, en contact avec la compagnie de droite d'un autre régiment. Avant de placer mes sections, je partis pour reconnaître.

Il était 7 heures du matin. J'étais seul. La hêtraie[2] où j'allais d'un bon pas n'avait point trop souffert, beaucoup de très beaux arbres y étaient restés debout. Le printemps étalait à travers leur ramure des nappes de feuillotes tendres que le soleil montant illuminait. J'atteignis bientôt une clairière. De place en place, des abris enterrés soulevaient au ras des feuilles mortes leur échine de rondins et de pierrailles. Tous étaient abandonnés. Les Allemands, la veille, avaient pris pied dans nos premières lignes. Au repos à Dieue-sur-Meuse, nous avions été alertés dès le soir. Nous allions avoir à couvrir, sans

....

1. **Téléphoniste** : soldat chargé de maintenir la communication entre les corps armés durant le conflit, grâce à un appareil téléphonique portatif.
2. **Hêtraie** : lieu planté de hêtres.

tranchées, sans réseaux, une seconde ligne inorganisée que des équipes de travailleurs essaieraient de renforcer : la mission de sacrifice type.

La solitude était saisissante, le silence extraordinaire. Pas un coup de fusil ; pas même, si loin que ce fût, la pulsation d'un coup de canon. Je n'entendis que mieux le départ d'une salve d'obus, droit devant moi, et aussitôt, stridentes et tendues, les trajectoires. Y fallut-il plus d'une seconde ? Entrevoir une entrée d'abri, y bondir, m'y engouffrer, et trois obus de 150 éclataient, crachaient leurs gerbes d'éclats à quelques mètres de l'abri. Quelle précision ! J'avais beau jeu à le constater : j'étais sauvé, content de moi, de mes réflexes et de leur promptitude. Mais je songeais que si j'étais passé au même endroit, au même instant, à la tête de ma compagnie, l'abri ne m'eût servi de rien et la mort m'eût désigné.

C'est ce qui allait m'arriver, et le jour même. Juste l'affaire de quelques heures. Je m'en doutais, *raisonnablement*. Je me laissais, bien sûr, la petite chance qui veille toujours au fond des résignations les plus sincèrement consenties. Mais toute mon expérience de guerrier, amenuisant cette menue flamme, me conduisait cette fois vers les ultimes recours : le sentiment de responsabilité, le sang-froid nécessaire, et l'action.

Cette expérience, alors, n'était pas mince, les occasions s'étant multipliées de la nourrir et de l'affermir. J'avais atteint, sur la colline des Éparges, des degrés plus ardus encore, et de loin, que ceux de mes premières épreuves. Au-delà, c'était l'abîme.

Je savais donc les façons qu'a la mort de banaliser ses atteintes, de semer les cadavres et de les transformer, peu à peu, en objets ordinaires, démythifiés de leur propre visage, des regards qui avaient croisé les nôtres, des voix que nous avions entendues. Alors, l'homme dans la bataille parvient à un état étrange, presque second, où persistent son pouvoir de sentir, sa lucidité, son jugement, où le sentiment de sa personnalité ne souffre point d'altération [1], mais tout cela décalé comme d'un bloc, jeté insidieusement dans un océan de fatalisme [2], une marée d'indifférence qui serait désespérante si elle n'était à ce point secourable.

Que cède cette indifférence, elle ne laissera point place à la peur, mais au dégoût. Jamais sans doute n'ai-je été plus lucide qu'en ces instants où le paroxysme [3] du vacarme, l'acharnement monstrueux des obus sur une mince colline de glaise jaune, calcinée, inexplicablement bourrée d'hommes vivants, d'hommes blessés pêle-mêle et de morts, m'ont semblé se détacher de moi, spectateur à la fin stupéfait devant tant de laideur, de grotesque et d'absurdité.

Ce sentiment que je retrouve, rien ne m'empêche de m'y attarder aujourd'hui, de peser et de reconnaître l'aloi [4] de sa vérité. Mais alors, il fallait l'oublier. Une des erreurs du Commandement (du moins en ce qui nous concerne, mais nous n'étions pas les seuls) a été de ramener et ramener les survivants – les mêmes hommes – sur les mêmes champs de combat où la mort les avait épargnés. Retrouver de relève en relève les mêmes objets d'une horreur misérable, c'était sans doute plus terrible que de refaire tête, dans l'absolu, au danger. C'était subir l'impression accablante d'une condamnation à mort sans recours en grâce possible, une roulette russe dont le percuteur frapperait à coup sûr

1. **Ne souffre point d'altération** : ne change pas.
2. **Fatalisme** : résignation passive.
3. **Le paroxysme** : l'exacerbation, l'intensité maximale.
4. **L'aloi** : l'exactitude, la véracité.

demain la balle du barillet. Je pense qu'une telle aberration n'a pas peu contribué à soulever les sursauts intérieurs qui allaient aboutir un jour aux mutineries [1] de 1917.

J'ai déjà parlé des blessés, et pour dire que j'en reparlerais. Le moment en est venu, pour une part au moins de ce qu'il me reste à en dire. Car j'y reviendrai encore. Les blessures, la mort des autres, si profondément qu'elles nous émeuvent, si approché que soit le retour sur nous-même que provoque leur présence lamentable, ne peuvent être qu'*autres* en effet : le transfert est impossible, il y faut la blessure même. Pour moi, s'il m'a été donné d'approcher en effet au plus près avant d'être passé par là, de compatir de toute mon âme, ce fut toujours dans les périodes calmes, lorsque la mort, semblant nous oublier comme le chat et la souris, venait frapper d'un retour de patte terrible.

Ainsi, près de Mouilly, dans un ravin herbu ombragé de noisetiers. En face de nous, sur la contre-pente ensoleillée, d'autres soldats, déséquipés, jouissaient de l'heure tranquille et de la douce lumière d'octobre. J'avais les yeux fixés sur un groupe de joueurs de cartes, trois hommes assis au pied d'un pin, et derrière eux deux hommes debout qui devaient commenter la partie. Leurs voix, leurs rires arrivaient jusqu'à nous. Deux des joueurs fumaient la pipe. J'en distinguais les bouffées bleues, lentes à s'effacer dans l'air calme.

Un percutant [2], par-dessus nous, a rasé de tout près la crête. Un seul, un de ces 77 que nous prétendions mépriser. Il est allé tomber juste au milieu des joueurs de cartes. Sa fumée noire a stagné longtemps sur les lèvres de l'entonnoir [3] et dans

1. **Mutineries** : révoltes de soldats.
2. **Percutant** : obus qui n'explose qu'au contact d'un obstacle.
3. **Entonnoir** : cratère creusé par une explosion.

la ramure du pin. Lorsqu'elle s'est enfin dissipée, nous avons vu un torse déchiqueté, une moitié d'homme accrochée aux basses branches de l'arbre, et dans l'herbe, près de l'autre moitié de ce mort – ses deux jambes écartelées –, un blessé qui se tordait lentement. Nos brancardiers ont couru. Nous étions silencieux sur le bord de la petite route lorsque le brancard est passé. Et cependant, à vingt mètres de là, des camarades creusaient un trou, y descendaient les pauvres restes et pelletaient les déblais par-dessus.

En mars 1915, aux Éparges, après les massacres de février, la fièvre meurtrière qui avait brûlé la colline paraissait devoir se calmer. Elle allait se rallumer bientôt, mais nous ne le savions pas. Nous avions épuisé l'ivresse d'être encore vivants, nous commencions à sentir le besoin d'évoquer nos camarades tués, et bientôt le courage d'aller voir, à l'hôpital militaire de Verdun, nos grands blessés inévacuables qui menaient un autre combat. Le 13 mars au matin, j'étais au presbytère [1] du village dont ma compagnie « tenait » les abords et les ruines. L'irruption d'un agent de liaison, tout à fait inattendue, me donna dans l'instant le sentiment d'un malheur.

Ce fut le mot même dont il usa pour me jeter la nouvelle. Il était bouleversé, oppressé par l'émotion beaucoup plus que par sa course. Deux obus de 150 venaient d'atteindre un abri d'arrière-ligne, poste de commandement du bataillon. Le premier avait percuté à la jointure exacte du revêtement supérieur et du sol. Il avait éclaté au-dehors, mais laissé au point d'impact un trou guère plus grand qu'une assiette. Le deuxième, à moins d'une seconde d'intervalle, s'était enfilé par ce trou et avait explosé dans l'abri.

....

1. **Presbytère** : maison où habite le prêtre d'une paroisse.

Un obus qui éclate ainsi à l'intérieur d'un local clos y fait des dégâts terrifiants. Il y avait là beaucoup d'hommes, des cyclistes, des agents de liaison, des téléphonistes, le commandant et l'aide-major de mon bataillon, un autre commandant arrivé de la veille, un capitaine revenu du dépôt après une première blessure. À la lettre, ce fut une boucherie, notre commandant saigné au cou, l'artère carotide ouverte, l'autre le crâne traversé et les nerfs optiques coupés : il devait mourir le lendemain, aveugle. Il y avait bien d'autres morts. Le médecin aide-major avait été haché. Quand j'ai pu arriver à l'abri, on venait d'emporter tous ces morts. Mais on n'avait pu tout enlever. Les semelles, sur le sol, écrasaient des caillots enrobés de poussière qui se remettaient à saigner. L'un des premiers témoins me disait, en parlant de l'aide-major : « Si vous aviez vu ses yeux ! Il avait regardé la mort, mon lieutenant, il avait eu le temps de la voir… »

À moins d'une seconde d'intervalle… Je crois qu'il ne l'avait pas vue. L'expression de terreur hagarde qui avait frappé le témoin, ce devait être l'éclatement du premier obus qui l'avait fichée dans ses yeux. L'autre obus avait tué avant qu'elle ne s'effaçât.

Par le trou rond, creusé comme à l'emporte-pièce sous la jointure du revêtement, un rai de jour entrait roidement[1], allait frapper la paroi opposée. Une clarté bleue s'en diffusait. On pouvait voir à la limite, collées contre le mur de terre, de larges loques de peau veloutées de poils sombres.

Le surlendemain nous remontions en ligne, dans les parallèles d'assaut[2].

1. **Roidement** : de manière raide, avec froideur.

2. **Parallèles d'assaut** : l'assaut ne se produit pas directement à partir de la première tranchée. On creuse d'abord des galeries perpendiculaires à la première ligne. Au dernier moment, les extrémités de ces galeries sont reliées entre elles pour former la parallèle d'assaut où seront rassemblées les troupes.

– 2 –

La première fois

Je ne suis pas tombé, cette fois-là, sur l'insatiable colline ; ni en avril, dans les dernières mêlées qui nous en ont enfin rendus maîtres au prix de dix mille jeunes morts. Autant de morts chez les Allemands, vingt mille en tout sur une ligne de front qui n'excédait pas douze cents mètres. À mon seul régiment, depuis l'attaque du 17 février, les pertes additionnées dépassaient l'effectif total. On s'en souvient : c'était là « grignoter [1] » l'ennemi.

Ce que j'ai décrit jusqu'ici n'était qu'un acheminement. Mais peut-être en ai-je assez dit pour mettre en garde contre certaines méprises. Il est vrai que la plupart des hommes ont une faculté d'adaptation singulière, à ce degré propre à notre espèce, et qui explique, pour une grande part, sa primauté. Lorsque, parti de Châlons-sur-Marne, mon détachement [2] a rejoint la ligne de feu, je restais lié à mon passé par mille fibres

....

1. **Grignoter** : la tactique du « grignotage », très coûteuse en vies, est promue par le général Joffre. Elle consiste à harceler l'ennemi en multipliant les assauts en divers endroits.

2. **Détachement** : groupe chargé d'une mission.

tenaces et sensibles, à mes études, à mes camarades normaliens[1], à mes vacances, à ma maison, aux horizons de ma province. Et déjà j'étais à Verdun, petite ville quiète, marchande de dragées, somnolente au bord de la Meuse.

Débarqués du train à Charny, nous traversâmes un premier village, Bras. Trois semaines plus tard, nous le traversions de nouveau. Je me rappelle mon étonnement, ma stupeur lorsque, reconnaissant la route et presque chaque maison comme si notre premier passage eût daté de la veille, cette immuabilité des choses me donna à penser, à mesurer les bouleversements, les mutations déjà prodigieuses que ces seules trois semaines avaient opérés en moi.

J'étais le même, et en même temps un autre, un guerrier. C'est que dans l'intervalle j'avais reçu le baptême du feu. Quelle expression signifiante, et qui n'a pu être imaginée que par un baptisé du feu ! Ce sentiment d'être « aguerri » ne devait plus m'abandonner. J'étais voué[2], parmi des hommes voués.

Mais peut-être me suis-je mépris moi-même, ce jour-là, en pensant à un acquis une fois pour toutes assimilé. Être marqué, brûlé ne sauve pas des brûlures nouvelles. L'initiation n'est jamais achevée. La mort est ingénieuse inépuisablement à varier les rites du baptême. Si banale, si ordinaire que soit devenue sa présence, si profonde l'habitude de compter sans trêve avec elle, les attachements humains, seraient-ils étouffés, persistent. Leur léthargie[3] est illusoire, toujours au bord d'un prompt réveil. Quel sera le prochain sacrifice ? La mort des autres me laisse vivant. Il faut s'habituer davantage.

1. **Normaliens** : anciens élèves de l'École normale supérieure.
2. **Voué** : dévoué, offert tout entier à une cause supérieure.
3. **Leur léthargie** : leur endormissement, leur sommeil.

Le 21 septembre 1914, ma division reçut un ordre de mouvement. Descendus, morfondus de pluie, des lisières du bois des Caures jusqu'au village de Moulainville, nous en partîmes dès le jour suivant, vers cinq heures du soir, pour une destination inconnue. Nous devions apprendre plus tard qu'une division de réserve s'était laissé enfoncer à la trouée [1] de Spada et que les Allemands déferlaient sur Saint-Mihiel. La Meuse passée à cet endroit, c'était Verdun tourné par le sud, tout le camp retranché menacé d'encerclement.

Après une longue marche de nuit à travers la forêt d'Amblonville, nous arrivâmes vers l'aube à Rupt-en-Woëvre. Le soir même nous étions en ligne à la lisière des bois de Saint-Remy, au pied des Hauts-de-Meuse, face à la Woëvre.

Que l'on veuille bien songer maintenant à l'époque et à la circonstance. Le deuxième mois de guerre approchait de sa fin. Deux mois, c'était à peu près le délai, l'extrême délai qu'avaient assigné les augures, économistes et stratèges d'accord, à la durée d'une guerre « moderne ». Bataille des frontières perdue, retraite, volte-face, coup d'arrêt victorieux sur la Marne… Jusque-là, c'était conforme. Pour nous, acteurs, matériel humain, conscients de la rude besogne faite et du sacrifice consenti, nous espérions ardemment être quittes. On parlait bien d'une course à la mer, d'une immobilisation des fronts. Ce ne serait qu'un délai supplémentaire, une rallonge qu'il fallait accepter. Un peu de patience encore, et la vie redeviendrait la vie.

Écrivant, en 1916, le second de mes livres de guerre, je me souvins d'une conversation entendue deux ans plus tôt. Mon

1. **Trouée** : brèche dans les fortifications de la tranchée qui expose les soldats aux tirs ennemis.

fourrier[1] pariait avec des camarades « que la guerre finirait dans un mois ». Et il précisait même : « Le 11 novembre, jour de la Saint-Martin. »

Si j'ai rapporté le propos, ce n'était pas pour créditer cet homme, tué depuis, d'un don de voyance prophétique. Avec une chance sur 365 de tomber sur le quantième exact, il s'était trompé de quatre ans. Mais ses paroles m'avaient paru révélatrices d'un état d'esprit général. Loin de prophétiser, elles traduisaient en clair un vœu secret qui nous était commun.

Et voici qu'en ce soir du 22 septembre nous nous retrouvions en ligne à l'orée d'un bois sinistre, assourdis par les détonations précipitées, brisantes, de nos batteries de 75, par les éclatements des fusants allemands qui faisaient contre-barrage, peinant pour prendre place, dans les ténèbres vite épaissies, le long d'un vague fossé où les soldats que nous remplacions avaient laissé leurs morts de la journée.

Toute la nuit, nous allions entendre les appels et les plaintes des blessés. Tombés en avant du bois, dans la friche, on n'avait pu les relever sous les vues des tireurs ennemis. Tous les cris, toutes les supplications, les invectives[2] furieuses, les gémissements, nous les avions déjà entendus ; jamais encore comme cette nuit-là. Il y avait un Allemand tout près, peut-être à une vingtaine de mètres, qui nous appelait sans fin, nous, ses « camarades français ». « *Hilfe* ! *Hilfe*[3] ! » répétait sa voix. Oui, quand viendraient les brancardiers ?

C'était pour nous comme une nouvelle guerre, plus lugubre et plus glacée. Ces morts prostrés dans le fossé, cette nuit

1. **Fourrier** : sous-officier chargé de la distribution des vivres et des équipements, du campement et du couchage des troupes.
2. **Invectives** : injures, insultes.
3. ***Hilfe* !** : « aidez-moi ! » en allemand.

épaisse et pantelante[1] dépouillaient les derniers prestiges d'une guerre malgré tout ressemblante à ce que notre ignorance avait pu imaginer, mais désormais révolue. Plus sournoise, plus traîtreusement meurtrière ; cette autre guerre encore inconnue allait tuer, tuait déjà comme intentionnellement, pour tuer. Nous l'allions voir les jours suivants.

Le 23 septembre, nous traversions le village de Mouilly, entre Rupt et Saint-Remy. Partout autour, des bois épais où l'on s'était âprement battu, où l'on se battait encore. Des routes en descendaient où cheminaient, solitaires ou par groupes, des blessés. Les postes de secours installés dans les granges rejetaient jusque sur la chaussée les linges, les tampons d'ouate[2] sanglants. Par les hautes portes béantes, des cris brusques nous sautaient au visage. L'odeur de l'iodoforme[3], celle de l'eau de Javel flottaient tout au long de la rue.

Le lendemain 24, après une nuit dans le foin d'une grange à la ferme d'Amblonville, nous traversions de nouveau Mouilly. Les blessés y arrivaient toujours, encore plus nombreux que la veille. Des officiers à brassard d'état-major passaient, couraient, vociférant, gesticulant. Nous marchions. Chaque blessé, vraiment, venait au-devant de nous. Ils se suivaient, cherchant l'herbe des accotements, l'ombre des branches ou des murs. Clopinant, tanguant entre deux bâtons, traînant derrière eux un pied inerte, déséquipés, la capote[4] béante, hâves[5], les cheveux collés par la poussière et la sueur, ils nous regardaient tous au passage.

....

1. **Pantelante** : dans laquelle on entendait des respirations.
2. **D'ouate** : de coton.
3. **Iodoforme** : composé chimique à l'odeur pénétrante, notamment utilisé pour désinfecter les plaies.
4. **Capote** : manteau militaire.
5. **Hâves** : maigres et pâles.

Beaucoup étaient atteints au visage, le front barré de pansements obliques, la mâchoire soutenue par des bandes en mentonnière [1] d'où sourdaient [2] des filets de sang. Nos hommes les regardaient et continuaient d'aller.

Dans le cimetière autour de la petite église, entre les tombes moussues, les croix rouillées, des fosses béantes attendaient vers lesquelles, deux à deux, à petits pas balancés, des brancardiers transportaient des civières, des claies [3] de branches, des échelles, chacune sous le même faix [4] rigide : une forme longue voilée d'un drap, d'une toile de tente.

À la hauteur des dernières maisons, ce furent, sur deux autres civières, deux gisants encore vivants, deux « grands blessés ». Avec quelle lenteur ils passèrent, les mains crispées sur les montants de bois, livides, les yeux levés vers nous, tournés vers nous, suivant nos rangs, nos visages nus encore intacts ! Nos hommes aussi les regardèrent, à demi retournés sans interrompre leur marche.

À présent hors du village, nous avancions en colonne par un dans les fossés qui bordaient la route. Après les cris, le tumulte, les appels, après le bruit des semelles cloutées sur le macadam caillouteux, le silence feutré de l'herbe.

Une route déserte à perte de vue. Seules rencontres : une camionnette de tôle peinte, dont le flanc criblé d'éclats portait l'enseigne d'un bazar de Leipzig ; et un cheval de selle, debout au milieu de la chaussée, un animal splendide, au pelage sombre moiré d'ondes vivantes, et pourtant blessé à mort. Des

1. **En mentonnière** : qui entouraient le menton.
2. **D'où sourdaient** : d'où coulaient lentement.
3. **Claies** : treillis, amas.
4. **Le même faix** : la même charge, le même fardeau.

balles de fusant lui avaient percé le poitrail, brisé une jambe à l'épaule en sectionnant quelque grosse artère. Il tenait cette jambe un peu repliée, son sabot n'effleurant qu'à peine le macadam. Un tremblement la parcourait, dont on eût dit qu'il accompagnait le ruissellement du sang, continu, abondant, un flot rouge qui aboutissait à une large flaque autour de ce sabot soulevé. Quand ce cheval se coucherait-il, cheval mort dans son sang répandu ? Lui aussi nous regarda, nous suivit longuement des yeux.

Nous allions. Sur notre droite, aux limites de l'ouïe, nous percevions un pétillement léger, à peine réel. Nous ne pouvions pourtant nous y tromper : la bataille était là, de l'autre côté de cette crête que nous allions inévitablement franchir. Nous étions « engagés », pris dans un engrenage fatal qui nous entraînait vers la droite, dans ce layon [1] qui gravissait la pente, nous halait [2] vers la crête où déjà les premières balles claquaient.

Je sentais nos hommes tendus, anxieux, hantés jusqu'à l'obsession par tout ce qu'ils venaient de voir. À l'instant même où nous atteignions la crête, tous, d'un mouvement irrésistible, s'étaient précipités à terre. Car dans le même instant, avec une soudaineté et une violence monstrueuses, la fusillade avait bondi sur nous.

Une fusillade sous bois, c'est de loin plus éprouvant qu'au ciel libre. La force des détonations s'amplifie sous le couvert, multipliée encore par les échos. Ces bois des Hauts-de-Meuse sont coupés de vallons, de creux où les taillis foisonnent sous la

....

1. **Ce layon** : ce sentier, ce chemin.
2. **Halait** : tirait, hissait.

LA GUERRE À LA UNE

Protégée par la loi de 1881, la presse connaissait au début du xxe siècle une période de grande prospérité. Cette liberté est entravée par la loi du 5 août 1914, qui permet au gouvernement de censurer les publications, sous le prétexte de préserver le secret de sa stratégie militaire. L'adhésion de l'opinion à la guerre devient un enjeu majeur, face auquel les journalistes adoptent des postures très différentes. Tandis que certains véhiculent une propagande destinée à motiver les troupes et la population, d'autres protestent contre la censure.

Le Petit Journal
SUPPLÉMENT ILLUSTRÉ
DIMANCHE 6 DÉCEMBRE 1914
La gaîté dans les tranchées
L'HEURE DE LA CHANSON

Une du supplément illustré du *Petit Journal*, 6 décembre 1914.
D'un positionnement conservateur, *Le Petit Journal* fait paraître tous les dimanches un supplément illustré en couleurs. Au début de la guerre de position, il représente des soldats s'amusant dans les tranchées.

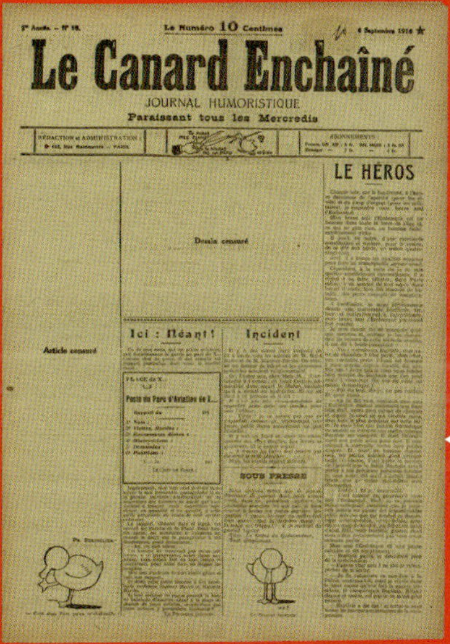
Le Numéro 10 Centimes
Le Canard Enchaîné
JOURNAL HUMORISTIQUE
Paraissant tous les Mercredis
LE HÉROS
Dessin censuré
Article censuré
Ici : Néant !
Incident
SOUS PRESSE

Une du *Canard enchaîné*, 6 septembre 1916.
Le Canard enchaîné est un hebdomadaire satirique fondé en 1915 pour riposter aux restrictions de la presse. Ses nombreux articles et dessins censurés sont rendus visibles par des espaces blancs.

LA PREMIÈRE GUERRE MONDIALE VUE PAR LES ARTISTES

La littérature n'est pas la seule à témoigner de la barbarie de la Grande Guerre et des affres de la vie militaire. Les artistes ont également joué un rôle déterminant dans cet effort collectif de mémoire. Georges Scott (1873-1943), Georges Bruyer (1883-1962), Georges Leroux (1877-1957) et Otto Dix (1891-1969) ont eu une expérience directe des combats, qui les a profondément marqués, comme en témoignent leurs œuvres.

Georges Bertin Scott, *Effet d'un obus dans la nuit*, 1915, Paris, musée de l'Armée.
Les bombardements d'artillerie font partie des expériences les plus traumatisantes pour les soldats, à cause non seulement de leur imprévisibilité mais également de leur extrême violence. Ici, devant les yeux horrifiés des camarades poussés en arrière par le souffle de l'explosion, des armes et des corps volent en éclats dans un paysage en feu.

Georges Bruyer, *Le Tour des brancardiers*, 1917, Meaux, musée de la Grande Guerre.
Ce dessin représente une scène de bravoure militaire récurrente, mais qui n'implique pas l'usage d'armes : deux brancardiers voûtés, attentifs aux combats qui se poursuivent autour d'eux, s'avancent furtivement à travers les lignes du front pour évacuer un camarade blessé.

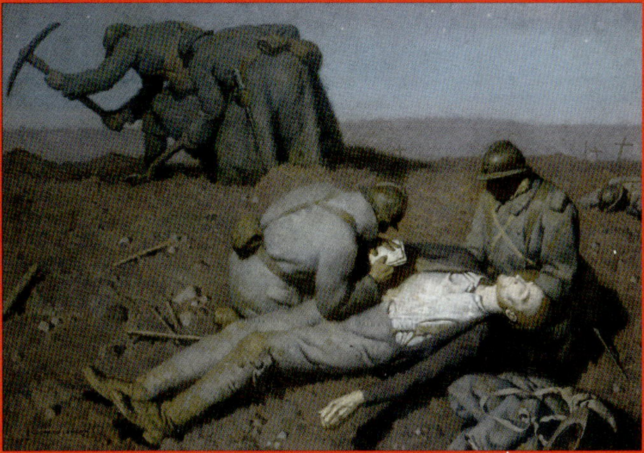

Georges Paul Leroux, *Aux Éparges*, 1915, Versailles, musée national du château de Versailles.

Ce tableau représente une scène qui se déroule au cours d'une des batailles les plus meurtrières de la Grande Guerre, celle de la crête des Éparges (17 février-5 avril 1915). Un soldat mort est entouré par deux camarades, dont l'un lui soutient délicatement la tête tandis que l'autre tente de l'identifier en lisant les documents qu'il porte sur lui. En arrière-plan, deux autres soldats creusent un trou pour donner au camarade tombé au combat la sépulture qu'il mérite.

Otto Dix, *Mutilés de guerre jouant aux cartes*, 1920, Berlin (Allemagne), Neue Nationalgalerie.

Trois anciens soldats essaient de reprendre une vie normale en jouant aux cartes dans un café. Bien que la Grande Guerre soit désormais terminée, leurs corps affreusement mutilés ne cessent de rappeler son extrême violence.

LA PREMIÈRE GUERRE MONDIALE EN BD

La bande dessinée *Putain de guerre !*, créée conjointement par un dessinateur (Jacques Tardi) et un historien (Jean-Pierre Verney), constitue sans doute l'une des contributions les plus mémorables du neuvième art à la représentation de la Grande Guerre.

Putain de guerre ! 1914-1915-1916 de Tardi et Verney © Casterman

Tardi et Verney, *Putain de guerre ! 1914-1915-1916*, Casterman, 2008, p. 8.
Dans cette bande dessinée, le narrateur est un ouvrier parisien anonyme qui raconte, à la première personne, son expérience au front de la Grande Guerre. Ses observations et ses pensées forment un véritable réquisitoire contre un conflit présenté comme tout aussi meurtrier qu'absurde.

colonnade des hêtres. À cause de ces échos nombreux, capricieux, les balles semblaient venir de partout. Nous devions traverser des zones où la densité des impacts, cassant les branches, étoilant les écorces, avait de quoi ébranler les plus braves.

Maintenir une troupe dans ce vacarme infernal, sous les coups de feu rasants, c'est très dur, à la limite des forces humaines. Ce fut le temps des mutilations volontaires et d'une psychose du haut commandement, haïssable par ses conséquences. Un homme qui vient de voir ce que nous avions vu ce jour-là, à qui les regards de tant de malheureux viennent réellement de répéter, de crier de l'un à l'autre : « C'est à ton tour d'entrer là-dedans… Voilà comment on en revient ! », si cet homme laisse son imagination prendre décidément le dessus, et si la tentation s'offre à lui d'un buisson qui le dissimulera aux yeux, il se pourra qu'il cède et qu'il succombe. Il tient son fusil armé. Une pression sur la détente… Qui saura que cette balle dans son pied, c'est lui qui vient de la tirer ?

Quelques pigments de poudre tatoués autour d'une plaie, il n'en fallait pas davantage pour envoyer un homme au poteau. Mais si, dans un corps à corps, c'est un fusil allemand dont la balle a percé la main qui tentait de l'écarter ? Pendant la nuit d'orage sur le plateau de la Vaux-Marie, trois de mes meilleurs soldats ont été ainsi blessés, au corps à corps. Ils nous sont revenus tous les trois, exactement treize jours après, la main encore enveloppée de pansements sordides. Ils n'avaient eu qu'un an de prison, « pour l'exemple », la preuve n'ayant pu être faite de la mutilation volontaire.

Quelle mansuétude[1], quel scrupule d'équité de la part des juges militaires ! Mais le désespoir de ces hommes,

1. **Mansuétude** : indulgence.

ulcérés [1] par la seule suspicion qui les marquait à leurs propres yeux de lâcheté et d'infamie ? Il nous fallut beaucoup d'acharnement, par la suite, pour les faire réhabiliter.

J'ai gardé, de cette bataille d'automne dans les bois de Saint-Remy, le souvenir d'une affaire où les nerfs de chacun ont été mis à rude épreuve. La mésaventure personnelle que je vais rapporter tout à l'heure n'y a été pour rien, ou presque. Elle n'a été, sur le moment, qu'un accident très brutal, mais mineur. Ce n'est que longtemps après qu'elle est devenue signifiante. Encore a-t-il fallu, pour qu'elle prît enfin son vrai sens, une contre-épreuve, autrement révélatrice.

Nous dûmes faire lever les hommes, les maintenir debout, avançant dans les rafales sifflantes, sous les basses branches coupées que leurs feuilles retenaient dans leur chute, lentement tournoyantes comme des ailes d'oiseaux tués, vociférer des ordres à travers le vacarme, barrer la route à des fuyards qui venaient couper notre ligne, enrayer des paniques commençantes. Nous avions cependant atteint la position prescrite, en bordure d'un layon, le long d'une route ensoleillée, rosie par le soleil oblique. Ce devait être la Tranchée de Calonne. Les balles d'une mitrailleuse française la balayaient, assourdissantes. Parfois, lorsque cette mitrailleuse se taisait, à travers le crépitement sporadique des fusils, nous entendions sonner les fifres [2] et rouler les tambours grêles qui soutenaient l'assaut des fantassins allemands.

Je ne doute pas, je n'ai jamais douté que cette angoisse collective n'était pas due seulement aux maléfices des couverts

1. **Ulcérés** : révoltés, insultés.
2. **Fifres** : petites flûtes.

forestiers, mais d'abord et surtout à ces théories[1] de blessés que nous avions croisées dans notre marche vers la bataille.

Les plus émouvants, les plus terribles nous attendaient au bord de cette crête d'où nous avions soudain plongé au cœur de la fusillade. Ils couraient au-devant de nous, comme hallucinés par le faîte[2] de l'autre côté duquel ils seraient à l'abri des balles. Ils venaient d'être atteints. Pas de pansements, pas d'écharpes, pas de turbans autour du crâne : des blessés neufs, des blessures nues.

Le premier n'avait plus de nez. Il courait en baissant la tête, penchant vers les feuilles mortes ce trou béant, saignant, où éclosaient de grosses bulles roses. Le second le suivait à quelques mètres. Une balle lui avait fait sauter la moitié inférieure du visage. Une seule balle ? Je me rappelle m'être demandé si cela était possible : un minuscule lingot de métal, et aussitôt cette bouillie rouge, gargouillante ; et au-dessus les yeux, leur stupeur, leur détresse, leur regard insoutenable.

Il y en eut quelques-uns encore, l'un qui criait en écartant les bras : « Rangez-vous ! Rangez-vous ! Y en a d'autres qui viennent derrière ! » Celui-ci, qui contenait à deux mains ses intestins, hernie[3] énorme. Celui-ci, que nous vîmes s'asseoir, s'accoter au tronc d'un hêtre, ouvrir son pantalon, retirer une balle de ses testicules et la mettre dans son porte-monnaie. Et surtout l'éclat rouge du sang, cette couleur révélée, écarlate, qui semblait s'exalter et presque flamber au soleil.

Tenir pourtant, il le fallait : sur la terre plane, tout le corps, des talons au crâne, vulnérable. Tenir tête quand même, avancer. L'immobilité est terrible. Refaire front, aller de l'avant

....

1. **À ces théories** : à ces groupes, à ces files.
2. **Faîte** : partie la plus haute.
3. **Hernie** : grosseur qui apparaît quand l'intestin déborde des abdominaux.

soulage. Les coups de feu venus d'en face se faisaient de plus en plus aigres, susurrants. Les longs échos, leur fracas de grêle énorme se perdaient loin au fond des combes. J'avais porté mes jumelles à mes yeux, mais il n'en était plus besoin. Par deux fois, entre les hêtres, j'avais vu des hommes qui couraient, des taches d'un gris verdâtre, plus terne que les feuilles du taillis. J'en repérai un autre, caché derrière un fût puissant, une épaule, un béret à bande rouge cauteleusement avancés, aux aguets. Il me sembla qu'un cri rauque retentissait tout près de moi, et en même temps le bruit mat et brutal d'une balle qui heurte un corps, et en même temps un long miaulement qui très vite devenait ronflement, et filait, se perdait vers l'avant.

J'étais tombé sur un genou, les deux bras ramenés vers mon corps, pressant des mains mon ventre blessé. Je gardais dans les yeux l'image inexplicable d'un rai brillant, une flèche d'or fulgurante qui se fondait dans un trou de soleil. C'était bien moi, cette fois, que la balle venait de frapper, contre mon corps, dans mon corps même qu'elle avait fait ce bruit sinistre. Une balle ? Plutôt un projectile énorme qui m'avait crevé le ventre. Je restais là, plié en deux, cherchant mon souffle, apercevant vaguement un homme qui se penchait vers moi, me parlait, dont je reconnaissais la voix, dont les mains glissées sous mes aisselles me soutenaient robustement.

Le tumulte intérieur, l'incohérence, la rapidité et la prolifération des images, l'acuité sensorielle [1] défient ici toute tentative d'expression. Il me faut essayer de démêler l'écheveau, de ralentir, pour des prises de vue successives, la violence de ce

1. **L'acuité sensorielle** : la précision des sensations.

torrent. Après quoi, en accéléré, il conviendra de relancer le film dans la fougue de son tourbillon.

« J'ai une balle dans le ventre. Cela fait mal. Très mal. Mais je vais souffrir davantage. C'est incroyable, pourquoi moi ? Une perforation de l'intestin, cela s'opère, dans des circonstances ordinaires. Pour moi, ce ne sera pas possible. Combien de perforations ? Les Allemands sont à trente mètres. Je peux mourir. Je vais mourir. Le soir approche. Je resterai entre les lignes. Est-ce que j'appellerai dans la nuit comme les blessés d'avant-hier ? Je voudrais revoir ceux que j'aime... Je ne souffre pas davantage. Il me semble que je respire mieux. Je dois être pareil à l'homme qui courait tout à l'heure, soutenant des deux mains ses intestins crevés. Il y a des blessés choqués, touchés à mort, qui peuvent ainsi courir un temps avant de s'effondrer d'un seul coup... Je vais sombrer. À moins de vingt-quatre ans, c'est injuste. Il faut voir, ouvrir tout de suite ma capote, mon pantalon, voir, voir... »

Je *m'entends* dire :

« Laisse-moi, Duval, je me soutiens tout seul. Regagne la ligne. Je me tiens debout, tu vois, mes jambes ne fléchissent même pas. Jusqu'à ce hêtre, si tu veux... Va-t'en, maintenant. Merci, Duval. »

Je me suis assis contre le hêtre, adossé à son épaisseur. Y a-t-il une demi-minute que la balle m'a frappé ? Tout en marchant, j'ai débouclé mon ceinturon, déboutonné ma capote. Le torrent continue de glisser, à plein courant vertigineux.

« Ce hêtre est bon, tutélaire. Pas une balle ne peut m'atteindre ici. La fusillade se calme un peu... Mais j'ai mon compte... Qu'est-ce que j'ai eu de meilleur dans ma vie ? »

Voici le jardin de mes grands-parents, à Châteauneuf, les pruniers pourpres, la tonnelle d'aristoloches, la balançoire, la chaleur d'août, la pelouse où bondissent les sauterelles.

« Mon ceinturon est coupé à moitié ; le vernis, autour de la coupure, est craquelé en demi-cercles concentriques. Pourquoi ce trou dans ma capote est-il ainsi allongé, déchiqueté ?... »

Rien que des images d'enfance, des ailes de vieux moulins qui tournent dans le vent du Val, des piérides de printemps qui volent dans nos « Petits Sentiers », des poursuites, des rires d'écoliers...

« Mes doigts tremblaient, il y a un instant. Je les regarde, ils ne tremblent plus. Ma vareuse, bon. Trouée aussi à la ceinture, mâchurée [1]. Mes doigts touchent ma chemise, la remontent, touchent ma peau. Je sens maintenant mon cœur qui cogne. La douleur irradie, moins violente, à partir de ce point précis. Il faut, il faut que je revoie mes doigts, le sang qui maintenant les rougit, qu'ils vont ramener à la lumière... »

Comment comprendre ? Mes doigts sont purs de sang. Pas une goutte, pas même une trace. Il doit y avoir une minute que je suis seul, assis au pied d'un hêtre dans une forêt perdue. Mais le temps n'a plus de mesure. La bataille crépite ailleurs. Quelle bataille ? La même bataille.

Elle se rapproche d'un seul coup, fantastiquement. La balle m'a pourtant frappé, moi, et avec quelle brutalité, le ventre ainsi heurté à ce point précis que je touche. Mes mains ont achevé leur quête, ouvert largement ma culotte, dénudé mon ventre meurtri. Ainsi ai-je vu cet homme tout à l'heure, assis comme moi au pied d'un hêtre, ses doigts rougis, son geste étrangement soigneux pour glisser dans son porte-monnaie la balle qu'il venait de trouver. Mais moi...

« Qu'est-ce que je fais ici ? Croira-t-on ce qui m'est arrivé ? Mes hommes ont-ils rallié ceux des autres sections ? Qui en a

1. **Mâchurée** : déchirée, trouée.

pris le commandement ? Heureusement il y a cette marque incontestable, cette ecchymose d'un violet pourpre où le sang affleure presque, comme une sombre et brûlante rosée. »

La ronde d'images s'est arrêtée soudain, m'a rendu d'un seul coup à la réalité présente, conscient de je ne sais quelle culpabilité, anxieux de reprendre ma place et de justifier mon absence.

Je suis debout, revêtu, sanglé. Je me hâte, évitant les ronces, cherchant des yeux les capotes bleues des hommes que j'entends tirer, les nôtres, les miens. Et déjà je les aperçois, déployés en ligne de tirailleurs, utilisant chaque pli de terrain, les troncs des hêtres, les buttes soulevées par de grosses racines, des stères [1] de baliveaux [2] cordés. Je songe, ému d'une admiration fraternelle : « Ils tiennent ! Ils tiennent ! C'est magnifique ! » Tout se renoue, tout s'est renoué. Ma course fait bruire les feuilles mortes, je vois un homme qui se retourne, puis deux ou trois. Leur visage n'est que stupéfaction : c'est un revenant, un fantôme qui surgit devant leurs yeux. J'ai retrouvé ceux de ma section, et Porchon, mon camarade.

« Incroyable ! » me dit-il.

Un flot de rire me monte à la gorge.

« On nous a dit que tu avais une balle dans le ventre ? Il n'y a pas cinq minutes.

– En plein ventre, c'est la vérité. Ne me regarde plus comme ça. Je t'expliquerai. »

J'ai repris la tête de mes hommes, commande les feux à forte voix :

« Par salve… Joue… Feu ! »

1. **Stères** : tas de bois.
2. **Baliveaux** : arbres qu'on laisse pousser pour exploiter leur bois.

Les rafales partent d'une volée.

« Quelle hausse[1] ? dis-je à Porchon.

– Quatre cents mètres… Il semble qu'on les ait. »

On n'entend plus les fifres ni les tambours. Les balles allemandes passent au-dessus de nous, s'égaillent. Une demi-heure plus tard, c'est fini. Les bataillons d'assaut ennemis renoncent. Les bois sont rendus au silence. Nous sommes retournés dormir à la ferme d'Amblonville.

J'ai « expliqué », en effet, à Porchon. Il suffisait de me remémorer, tant mal que bien, les explications mêmes que je m'étais données ; ou, plus exactement, qui m'avaient tout à coup, à ma propre stupeur, illuminé. Il eût fallu beaucoup trop de mots pour expliciter à mesure le processus qui m'avait entraîné, mais j'y mis beaucoup plus de temps que les quelques dizaines de secondes pendant lesquelles il s'était engrené, puis déroulé, puis finalement, et à la perfection, bouclé.

Ce sont mes doigts qui ont commencé, le contact contre eux de ma peau tiède, absurdement mais déjà normalement indemne, leur retour à la lumière, purs de sang, annonciateurs de miracle. La vue de l'ecchymose violâtre était d'avance presque superflue[2].

Je n'ai pas éprouvé tout de suite l'ivresse de me savoir épargné. Quelque chose en moi l'avait su avant moi, dès le moment, je pense, où la fermeté de mes pas avait causé ma première surprise. C'est après avoir regagné la ligne, rejoint mes tirailleurs et Porchon que j'ai été le plus heureux.

1. **Hausse** : dispositif gradué servant à régler le tir d'une arme à feu selon la distance de l'objectif à atteindre.

2. **Superflue** : inutile.

La balle, tirée de près, pas plus d'une quarantaine de mètres, c'est-à-dire d'une distance où sa vitesse, donc sa force de pénétration, n'avaient pas atteint leur maximum, avait rencontré un bouton de ma capote d'officier. C'étaient des boutons de métal, très bombés, presque des demi-sphères. Du fait que nos capotes croisaient, il y en avait deux rangées, espacées d'une quinzaine de centimètres, chacune de quatre ou de cinq. Dix boutons sur toute la surface de mon corps, pas plus larges qu'une pièce de vingt sous, ce n'était guère. Encore avait-il fallu que la balle choisît mieux encore : il n'y avait que deux boutons pour qu'elle me fît miséricorde. N'importe lequel des huit autres serait entré dans mon corps avec elle. Mais ces deux-là, juste à la hauteur de ma taille, m'étaient commodes pour mieux fixer mon ceinturon : calé au-dessous d'eux, il ne pouvait glisser ni remonter.

« Fais le compte, disais-je à Porchon : le bouton. Sous le bouton un ceinturon de cuir. Sous le ceinturon deux épaisseurs de capote, dont l'une durcie d'un gros ourlet. Et au-dessous encore la ceinture de ma vareuse, enfin celle de ma culotte, tout un matelas de cuir et de drap, le blindage du bouton par-dessus. »

Ainsi la mort s'était jouée de moi, et non moi d'elle. Le bouton avait jailli d'abord (je l'avais vu : ce trait doré, étincelant, qui avait balafré la lumière ; et entendu, qui avait ronflé en plein ciel). La balle, elle, avait ricoché pour son compte, au millième de seconde près. Et pourtant elle s'était attardée, de la pointe coupant le ceinturon, perçant le drap, la quadruple épaisseur de drap, égratignant vareuse et culotte, effleurant ma chemise et ma peau, déchiquetant pour sortir la bordure de l'ourlet, et filant vers les espaces où disparaissent les balles perdues.

Pendant que je courais pour rejoindre la ligne, je passais et repassais mon doigt dans son trou de sortie, mâchuré dans sa longueur et comme vilainement blessé. J'avais beau avoir « compris », être sauf de cette agression d'images, si intenses, si poignantes, qui m'avaient assiégé tant que je me *pensais* mourant, je ne parvenais pas à croire, à accepter ce caprice, cette farce cruelle de la mort ; ce miaulement dérisoire dont elle avait accompagné ma grâce et que j'entendais encore.

Il me semble que la délivrance, ou le commencement de l'oubli, sont venus d'une autre pensée… Je m'exprime mal, ou alors je dois préciser : je continuais d'être dispersé. Ce caractère d'agression dont je parlais à propos des images, il affectait aussi ce que j'appelle maintenant des pensées. C'étaient des éclats de pensées, surgis soudain, rapides, incohérents, trop brusques et trop fugitifs pour que je pusse les gouverner ou seulement ne pas les subir. Avant de me sentir survivant, je me suis senti douteux.

Cette fausse mort laissait derrière elle une poussée de mauvaise conscience, assez vive pour me « distraire » des dernières affres qui m'avaient tourmenté. Il a fallu que j'aie rejoint, repris ma place parmi mes hommes et retrouvé ainsi bonne conscience, pour me sentir décidément sorti de l'épisode sinistre et ridicule où la mort m'avait leurré.

– 3 –

La deuxième fois

La deuxième fois fut plus brève encore. Cinq mois avaient passé. Depuis la mi-octobre, nous tenions le secteur des Éparges. Les armées s'étaient fixées, enterrées dans des tranchées desservies par des boyaux [1], couvertes par des embroussaillements de réseaux Brun [2], de chevaux de frise [3] et de fils de fer barbelés. Les Allemands occupaient tout le faîte de la colline, bastion avancé sur la Woëvre ; la montagne de Combres, en arrière, appuyait leur position.

N'eût été le martyre de la boue, l'hiver nous eût été clément. On mourait peu. De relève en relève, nous avions pris nos habitudes, retrouvant nos abris, les meublant peu à peu de paillasses, d'escabeaux, d'édredons trouvés au village. Les Allemands souffraient moins que nous : les ruissellements, les sources dévalaient sur la pente glaiseuse, inondaient nos tranchées, nos boyaux, nos cagnas [4] ; sans parler des écopes [5] d'en face et de ce qu'elles déversaient sur nous.

1. **Boyaux** : galeries souterraines.
2. **Réseaux Brun** : rouleaux de barbelés souples qui protègent la tranchée.
3. **Chevaux de frise** : barrières de défense en bois.
4. **Cagnas** : abris légers de tranchée.
5. **Écopes** : pelles creuses munies d'un manche, qui servent à vider l'eau.

Dès octobre, des sapeurs du génie[1] étaient venus partager nos journées. C'étaient d'excellents camarades. Nous avions vu aussi des passants, des géodésiens[2], qui avaient mesuré de loin, par-dessus la vallée du Longeau, la distance qui séparait nos petits postes avancés de ceux qu'occupaient les Allemands : vingt-six mètres, « à un mètre près ». Nous en avions été amusés : nous savions cela nous aussi, à cinquante centimètres près. Mais nous ne savions pas ce que présageaient ces mesures, ces présences et ces travaux. Les sapes[3], les fourneaux de mine[4] dont nos camarades parlaient, nous y voyions les modes d'une guerre nouvelle, et qui ne nous concernait pas. Ce furent les parallèles d'assaut qui nous dessillèrent les yeux.

Mon bataillon donna l'assaut le 17 février 1915, à trois heures de l'après-midi. Les mines avaient sauté une heure auparavant, meurtrières et démoralisantes pour un adversaire surpris. Meurtrière elle aussi et démoralisante, l'heure de bombardement qui pilonna ses positions. Nous prîmes pied presque sans pertes dans des tranchées bouleversées, désertes, fumantes encore sous la garde des quelques malheureux tués par les explosions des mines. Les Allemands qui sortirent des abris où ils s'étaient réfugiés étaient en proie à une hébétude paralysante. Ils dévalaient à travers les éboulis en levant leurs bras désarmés. Et cependant, debout au faîte de la colline, face

1. **Sapeurs du génie** : soldats chargés des travaux de déblaiement et de fortification.

2. **Géodésiens** : spécialistes qui mesurent les distances et les dimensions d'un terrain.

3. **Sapes** : galeries souterraines.

4. **Mine** : galerie souterraine creusée sous la tranchée ennemie pour la faire exploser. Le **fourneau de mine** désigne la cavité où l'on place les explosifs.

à un horizon incroyablement élargi, il nous semblait que nos poitrines aussi s'élargissaient dans un air plus pur, au-dessus des misères sordides et des gadoues ignobles où nous avions si longtemps pataugé.

Le bombardement allemand commença le soir même. Il allait être encore plus lourd, encore plus écrasant que le nôtre. Toute la nuit qui suivit, toutes les journées du 18, du 19, du 20 et du 21 février, sous une pluie tenace et glacée, il allait pilonner la colline, la retourner, la défigurer de boursouflures calcinées, de trous d'obus qui se touchaient l'un l'autre. Toutes les pièces avancées de Metz appuyaient les canons de campagne. Des obus de rupture énormes, s'enfonçant creux à pleine ogive, projetaient en explosant des tonnes de glaise et de pierrailles, de madriers [1] et de débris humains.

Contre-attaque après contre-attaque, recru de peine et de fatigue, j'en étais arrivé à cet étrange état second, à cette distance désabusée, méprisante, où rien ne m'était plus de rien. Porchon venait d'être tué, je le savais. J'aimais ce compagnon fidèle, toujours à mes côtés depuis les premiers jours de la guerre, brave et bon. Sur les cent vingt hommes du peloton que j'avais menés à l'assaut, dix-sept seulement restaient indemnes.

Je tenais avec eux un semblant de tranchée informe, jonché de morts, à demi inondé, où la pluie qui tombait toujours horripilait des flaques de boue toutes jaunies par l'acide picrique [2]. Nous nous serrions les uns contre les autres. Deux de mes hommes s'appuyaient à chacune de mes épaules,

1. **Madriers** : planches de bois.
2. **Acide picrique** : explosif utilisé dans les obus.

Lardin à droite, Bouaré à gauche. Contre Lardin, Biloray. Contre Bouaré, Perrinet. Au-delà, je ne voyais plus.

La nuit allait venir, la quatrième, qui nous serait peut-être exorable [1] : l'acharnement forcené des canons y connaîtrait, peut-être, quelque répit. C'est alors que l'obus est tombé.

Un de mes hommes l'avait dit le jour même : « Du moment qu'ils dégringolent partout, mètre par mètre, sur cette foutue crête, tous ceux qui sont dessus, sans bouger, tôt ou tard prendront *leur* obus. » C'était le nôtre, et c'était notre heure.

À vrai dire, il était le second. Le premier avait patiné sur un épaulement de glaise, rebondi par-dessus nous et s'était retourné à plein flanc, à quelques mètres, sans éclater. Il était toujours là, ruisselant et reluisant de pluie, un bel obus bleu ceinturé de cuivre rouge. Mais le second devait éclater.

Il est tombé sur le parados [2], devant moi. Je l'ai senti, en même temps, deux fois : un coup de massue sur la nuque, une fournaise rouge devant les yeux. Tout a été plus rapide encore que dans les bois de Saint-Remy. Le choc d'une balle, dont toute la force devient coup de poing, coupe le souffle et meurtrit durement. Dans l'éclatement d'un 210, si le corps y est pris tout entier, le vivant devient lui-même éclatement, explose lui-même, disperse ses éclats. Je crois que s'il est effectivement lacéré, il meurt dans ce coup de massue, dans cette fournaise qui l'éblouit. J'étais indemne. Il ne fallut que quelques instants pour que le monde se reconstituât, dans sa hideur et sa barbarie.

Mais pendant ces quelques instants ? J'avais vu, à travers ce flamboiement rouge, une immense ombre horizontale qui

1. **Exorable** : indulgente, propice.

2. **Parados** : masse de terre ou ouvrage de pieux élevé sur une tranchée pour protéger les défenseurs.

avait passé en planant. Le flot ardent de l'explosion m'avait marqué les mains et le visage d'un piquetis de menues brûlures. Mais surtout, il s'était rué loin en moi, par mes narines, mes yeux, ma bouche ouverte. Il avait atteint mes viscères, d'un toucher si direct que mon cerveau, sous l'afflux des messages nerveux, m'avait livré en proie à une interprétation aberrante, abominable : je venais d'être fendu, ouvert du sternum au pubis comme un bœuf à l'étal d'un boucher.

Qui sait si le souvenir de l'échaudoir et du boucher de Châteauneuf n'était pas là pour quelque chose ? Il me fallut un grand courage – je devrais dire : un courage terrifié – pour oser porter les mains sur moi. J'étais sûr qu'elles allaient toucher mes poumons et ma trachée mis à nu. Elles touchèrent ma capote de soldat, son drap rêche et mouillé de pluie, bien clos sur moi, sur mon cœur battant. Tout cela presque instantané. J'appuyai le contact à pleines paumes… Je pense n'être que véridique si je risque ce commentaire : je ne pouvais en croire mes paumes, pas encore. C'est l'appétit de vivre, l'intérêt que j'avais et que je prenais à vivre qui acceptèrent le témoignage de mes mains et qui vainquirent mon incrédulité.

Un soir lugubre commençait à rôder à travers le voile de la pluie. J'entrepris de me mettre debout. Quelque chose appuyait contre moi, à ma droite, plus lourdement que l'épaule de Lardin tout à l'heure. Au premier mouvement que je fis, je sentis cette chose basculer, très doucement, me délivrer de sa pesanteur. À ma gauche, la place de Bouaré était vide. À peine debout, ce fut lui que je vis d'abord : allongé sur le parados, la face contre la boue, une main pendante que parcouraient les frémissements de l'agonie. L'ombre planante que j'avais entrevue, c'était lui. Soulevé par l'explosion, il était retombé là, presque dans l'entonnoir de l'obus qui l'avait tué.

Je regardai de l'autre côté, reconnus le corps de Lardin. Il avait encore à la main le quignon de pain qu'il mangeait, encore son lorgnon sur le nez. Aucune blessure apparente, rien que deux minces filets de sang qui coulaient de ses narines et se perdaient dans sa moustache. Derrière lui, un homme venait de se lever, spectralement surgi de la boue. Était-ce Biloray ? Il se tenait très droit, dans une étrange immobilité du torse, comme s'il avait eu peur de renverser quelque chose. Je l'appelai anxieusement, à mi-voix :

« Biloray. Mon vieux… »

Il s'était mis en marche, aussi droit, aussi lent, attentif, précautionneux. Il passa devant moi sans me voir, grave, livide, son étroit visage amenuisé encore, la tête penchée un peu sur son épaule. Penchée vers quoi ? Sa vie vacillante, sans doute, qui allait s'écouler, se répandre…

Successivement, cinq ou six de mes hommes passèrent, ombres dans l'averse grise, tous venus de la droite, tous blessés. Je les suivis. Derrière cet éboulis où ils glissaient l'un après l'autre, il y avait un entonnoir de mine, l'entonnoir 7, où devait être mon commandant. Il me fallait lui rendre compte, demander quelques hommes au moins pour remplacer ceux qui s'en allaient. J'étais seul. À mes deux premiers pas, près de la place vide où avait été Bouaré, j'avais failli buter contre le corps de Perrinet. Il était presque coupé en deux. Une gerbe d'éclats avait jailli de son côté. Son sang coulait sous lui avec un gouttellement de source. Avant d'atteindre l'entonnoir noir de mine, je reconnus quatre hommes encore. Un redan [1] les avait protégés. Ils étaient tous les quatre indemnes, les seuls de tout le peloton, avec moi.

1. **Redan** : retranchement.

Après l'affaire, au repos à Belrupt, tous me dirent qu'ils m'avaient cru mort. Ils avaient vu monter le panache[1] de l'explosion et ils avaient conclu ensemble, d'ailleurs avec exactitude, que l'obus avait dû tomber à la place même où ils me savaient. Les blessés qui avaient passé les avaient confirmés dans cette commune certitude. Il n'était pas possible, à leurs yeux, qu'il n'y eût pas aussi des morts. Il y en avait eu quatre, car Biloray devait mourir au fond de l'entonnoir 7, à cette heure d'avant l'aube où le froid mord plus cruellement les plaies, où les blessés intransportables, épuisés de souffrance et de cris, se laissent surprendre et renoncent.

Il m'est arrivé depuis, parce que je le croyais, de dire que l'obus des Éparges, ce 210 qui était « notre obus », m'avait épargné seul parce que j'étais le plus près du point de chute, et qu'ainsi la volée meurtrière avait passé par-dessus moi, *sans me voir*. C'était traduire instinctivement un fétichisme[2] venu de très loin, inconsciemment conjuratoire[3], m'en remettre à cette *baraka*[4] primitive qui trahit tôt ou tard, mais toujours, les téméraires. Mais alors ma guerre était finie et je ne risquais plus rien.

....

1. **Panache** : fumée.
2. **Fétichisme** : croyance irrationnelle.
3. **Conjuratoire** : destiné à écarter le mauvais sort.
4. ***Baraka*** : chance, providence.

– 4 –

La troisième fois

J'ai raconté plus haut les premières heures du jour où j'allais pour la troisième fois, mais cette fois réellement, être tué. J'écris cela aujourd'hui, après cinquante-sept ans de survie. C'est dire que le fétichisme me paraît largement dépassé et que je le renvoie à mes très lointains aïeux. Ces réalités sont absurdes, aveugles ; elles ne peuvent être conjurées. Un premier percutant, juste au défaut d'un abri solide, ouvre un trou grand comme deux mains jointes ; un second enfile ce trou et massacre abominablement tous les hommes qui sont là et qui se croyaient protégés. Une balle, en pleine bataille, vient frapper un homme en plein ventre ; mais sa pointe heurte un bouton, et elle ricoche, inoffensive. C'est la même absurdité.

En ce jour de la fin d'avril, les consignes reçues étaient claires. Un peu après sept heures du matin, j'avais déployé ma compagnie, en ligne continue, le long d'un layon forestier. Il y avait une douzaine de jours que les derniers îlots de résistance, sur la colline des Éparges, étaient restés entre nos mains. Les Allemands se résignaient mal à la perte de ce bastion avancé sur la plaine de Woëvre. Ils venaient de tenter un mouvement tournant qui, s'il réussissait, le déborderait par l'ouest et en amènerait la chute.

Leur offensive initiale avait été un succès : notre première ligne était tombée. Elle était autant dire la seule. Dans les secteurs sans bagarres, la négligence était chez nous de règle. Après quelques semaines, quelques mois, nos tranchées de seconde ligne s'embourbaient, s'effondraient, et il n'y avait plus de seconde ligne. Alors on alertait les troupes qu'on avait sous la main. On les jetait au contact de l'ennemi. On leur disait…

Mais nous avions compris : les Allemands allaient exploiter leur succès, déclencher une nouvelle attaque. Dans combien d'heures ? C'était une question d'heures. Tous ces bois des Hauts-de-Meuse, jusqu'au fort du Rozellier, étaient bourrés de pièces d'artillerie, de batteries lourdes venues de Verdun et même de canons de marine. Ce butin seul eût valu la peine. J'avais dit à mes soldats :

« Débouclez vos outils portatifs[1], creusez le plus que vous pouvez, et en vitesse : d'abord des trous de tirailleurs, qu'on reliera si on en a le temps. Vous travaillez pour vous, c'est clair. Je vais faire l'impossible pour obtenir des outils de parc[2]. »

La journée promettait un beau ciel. Le feuillage des hêtres, déjà dru, étalait des nappes légères, encore blondes, balancées sur des éclaircies bleues. J'avais dit à mes chefs de section la même chose qu'à mes soldats. Mais j'avais ajouté :

« Nous aurons peut-être la chance qu'ils nous laissent nous accrocher. En tout cas, nos hommes ont compris, ils vont en

1. **Outils portatifs** : outils de petite taille que les soldats portent avec eux (pelles-bêches, pelles-pioches…).

2. **Outils de parc** : outils de grand modèle (pioches, haches, scies, pelles rondes, pinces…) transportés dans la voiture de chaque compagnie militaire.

mettre un sacré coup… Ça me rappelle le 24 septembre, tout près d'ici. J'espère que nous aurons moins de mal. »

Chacun d'eux m'avait demandé :

« Votre poste de commandement ?

– Disons : vers le milieu de la compagnie, si les trous de tirailleurs sont reliés et si j'y trouve une petite place. Mais vous me verrez souvent : il y a toutes les chances pour que j'aie pas mal à courir. »

Ce souvenir du 24 septembre, comment n'y aurais-je pas pris garde ? Depuis la veille, il m'avait poursuivi. Les circonstances étaient les mêmes : une brèche soudaine dans notre front, l'appel à la rescousse, l'alerte qui nous avait jetés, sans bouclier, vers la poussée d'un assaillant victorieux.

Comme alors, nous avions traversé Rupt-en-Woëvre, passé devant la ferme d'Amblonville, devant les maisons de Mouilly. Comme alors, nous avions rencontré des blessés, d'abord des blessés légers, las surtout d'avoir marché des lieues, un peu plus loin un grand blessé, un capitaine d'artillerie lourde, couché sur un brancard que ses porteurs avaient posé, pour un instant, dans l'herbe de l'accotement. Sa tête, bandée jusqu'au-dessous des yeux, creusait la toile profondément et le sang, autour d'elle, la ceignait d'une auréole rouge. Cette vision m'était restée. Une montée de pitié m'avait porté vers cet inconnu. J'avais senti avec une force singulière la misère, la déchéance de cet homme dans la vigueur de l'âge et que la vie était en train d'abandonner.

Mais cela, je l'avais senti en homme pleinement vivant, dans la conscience chaleureuse de ma propre vitalité. J'étais alors au plein de ma forme physique, endurci aux intempéries, aussi agile et maître de mes muscles que je l'avais été à Joinville, avec en plus la robustesse que m'avaient apportée les années.

Cette rencontre, ajouterai-je, m'avait permis de mesurer aussi une résistance morale accrue. Mon mouvement de pitié avait l'élan de l'aide secourable, du don, au rebours [1] de tout retour sur moi. Les abominations des Éparges, cette traversée d'enfer qui avait duré deux mois, moralement aussi avaient achevé de m'endurcir, de m'entraîner à l'oubli de moi, à une libération affective qui me laissait entièrement disponible pour le souci quotidien de mes tâches, de mes hommes et, lorsque l'heure en sonnait, de l'action. Ainsi étions-nous nombreux en ce printemps de 1915, jeunes officiers de troupe mûris et trempés par la guerre, nés de la guerre, et désormais intégralement voués.

Il y eut d'autres ressemblances avec ce lointain septembre. C'est sur le même plateau, une lande aux pins rabougris, que nous avons passé la nuit de notre veillée d'armes. Le carrefour de Calonne, traversé au jour naissant, nous était à tous familier, toutefois à peine reconnaissable, grouillant, à travers la brume d'aube, de sapeurs et de territoriaux. Terrassiers [2] fébrilement laborieux, armés de grands outils de parc, ils organisaient le carrefour que nous allions, nous autres, couvrir. Mais c'est quelques minutes plus tard que le rapprochement allait me sauter aux yeux.

Nous venions de dépasser, marchant le long de la Calonne, nos anciens abris de seconde ligne, lorsque je reconnus à la fois une cabane de cantonnier [3] et la route rose, illuminée par un soleil oblique, près de laquelle nous nous étions battus à l'automne de 1914. Il y avait sept mois de cela, sept mois

1. **Au rebours** : au contraire.
2. **Terrassiers** : soldats dont le rôle est d'aménager les fortifications et les tranchées en creusant.
3. **Cantonnier** : ouvrier chargé de l'entretien des routes et chemins.

pendant lesquels nous avions vécu ailleurs, autrement, routinièrement. Notre monde hivernal, distant de quelques kilomètres, s'était incroyablement éloigné. Deux courtes semaines d'un repos merveilleux, à Dieue-sur-Meuse, le retour d'un printemps grisant, des galopades à cheval dans une forêt sans trous d'obus, la floraison des anémones Sylvie, le lait crémeux, bu dans une ferme, le chant sonore du coucou, avaient ouvert dans la trame de mes jours une clairière sans limites qui m'avait délivré des Éparges à la façon d'une catharsis [1].

Et voici que cette même route rose, sous le soleil oblique du matin, nous ramenait vers une guerre de surprises, une marche d'approche sous le ciel libre, au-devant d'un ennemi en mouvement, exactement et jour pour jour comme sept mois auparavant.

Je m'étais écarté un peu vers la droite, cherchant à reconnaître, à travers des baliveaux espacés, le layon forestier d'autrefois. J'étais sûr qu'à quelques pas j'allais reconnaître le hêtre contre lequel je m'étais assis, les doigts encore tremblants, pour déboutonner ma capote et voir ma blessure « mortelle ». Et juste à cet instant, à cette place, un agent de liaison apparut de l'autre côté de la route et me fit signe de le suivre.

C'est à partir de ce moment que j'ai conté ma marche solitaire, la salve d'obus percutants et le bond dans l'abri qui m'a sauvé de leurs éclats. L'attaque de l'infanterie allemande se déclencha vers midi. Mes hommes avaient fait de leur mieux, creusant, pelletant, coupant de dures racines avec leurs petites pelles-pioches : ainsi les racines étaient blanches sous la haie de la Vaux-Marie. Les trous de tirailleurs se rapprochaient, se

1. **Catharsis** : purification, délivrance de la hantise d'un souvenir.

touchaient çà et là. Des outils de parc arrivaient. J'avais confiance : ma ligne tiendrait.

Toute la matinée, l'artillerie allemande nous avait bombardés. Rien de comparable aux écrasements des Éparges. Mais les 77 et les 105 éclataient sur une terre sèche et nous faisaient beaucoup de mal. Comme je l'avais promis, j'avais, d'une section à la suivante, parcouru d'un bout à l'autre le secteur que tenaient mes hommes. Je revenais dc la gauche vers le centre lorsque se déchaîna la fusillade. J'avais vu là, lors de mon précédent passage, deux grands blessés. L'un d'eux, d'une trentaine d'années, les traits osseux, barbu, à demi étendu sur le sol, fixait droit devant lui un regard immobile. Son visage ne trahissait aucune souffrance. Ses camarades l'avaient sorti de la dérisoire tranchée, appuyé contre un hêtre pour le protéger des balles. Ils avaient pu serrer autour d'une de ses jambes, très haut, un garrot de fortune. Mais son cas était sans recours : il avait la fémorale [1] ouverte et il attendait de mourir.

C'est peu de dire qu'il était impassible, ou stoïque [2]. Il y avait en lui, déjà, un détachement, un éloignement, une hauteur qui saisissaient. Non loin, étalé sur le dos au milieu du layon, un « classe 15 » encore imberbe, son visage rond, presque enfantin, offert à la clarté du ciel, agonisait avec ce frémissement des doigts qui présage les derniers instants.

Dans le crépitement des fusils, je les retrouvais les mêmes, le vétéran un peu plus pâle, d'une pâleur exsangue qui cernait son grand nez busqué, envahissait son front, avec le même regard distant, immobile, qui attendait ; l'autre les yeux à demi clos et les doigts toujours frémissants.

1. **Fémorale** : artère de la cuisse.
2. **Stoïque** : calme devant le danger et l'adversité.

C'était maintenant le plein du vacarme. J'écoutais, guettant, à travers la fusillade, le son des fifres et des tambours que nous avions autrefois entendus. La poussée des Allemands semblait peser plus dangereusement à gauche. J'y courus. Le sous-lieutenant Dast, chef de ma première section, riait, gouaillait [1], avec une verve qui soutenait merveilleusement les courages autour de lui. Lui-même faisait le coup de feu, le fusil calé à l'épaule, en désignant les objectifs. Comme le 24 septembre, on voyait des Allemands qui couraient d'un arbre à un autre, leurs uniformes gris verdâtre, taches ternes dans des flots de soleil.

« Ça va ! Ça va ! m'avait crié Dast. Sois tranquille de mon côté. »

Je revins vers le centre. Je disais en passant, penché vers les hommes qui tiraient :

« Ménagez vos cartouches. Abritez-vous d'abord. Attendez de les voir pour tirer. Le bois est clair, vous les verrez sûrement. On tient partout. »

Le bois était clair en effet, assez pour m'avoir livré la vision extraordinaire de cavaliers allemands au galop : une frise d'estafettes [2], trois à la file, les hommes couchés sur l'encolure de leur monture, les bêtes lancées à pleine vitesse, les temps de leur galop scandés de grands à-coups précipités.

Une accalmie passa. Les assaillants devaient s'être couchés : notre tir avait porté. Le sous-lieutenant Sansois, agenouillé au milieu de ses hommes, me dit avec un bon sourire :

« Ils vont sûrement remettre ça. Mais soyez tranquille, on tiendra. »

1. **Gouaillait** : plaisantait, bavardait.

2. **Estafettes** : soldats chargés de transmettre des messages.

Contre le hêtre, au bord du layon, le grand soldat maigre était mort, le teint cireux, les mains abandonnées. Les doigts de l'autre tremblaient toujours. Je poursuivis. Adjudant Wang, aspirant Salager… Encore deux bons chefs de section. Leur attitude était exemplaire. Leurs regards, le calme de leur voix m'affermissaient dans une confiance qui s'étendait à notre unité tout entière. C'était une chance, cette cohésion, cette entente dont l'épreuve du danger attestait la solidité. La fusillade venait de reprendre. Je revins vers le centre, dans l'intention de m'y fixer pendant cette nouvelle flambée. Ainsi pourrais-je intervenir, pour le mieux et au plus vite, s'il me fallait pourvoir à quelque parade pressante.

Les balles sifflaient. Je courais, penché en avant, dans le layon qui bordait notre ligne. Quelques secondes encore, je me coucherais près de Sansois, prendrais le fusil d'un blessé… Mes yeux cherchaient déjà l'étroite saignée[1] où j'allais m'allonger, le parapet où j'appuierais mes coudes. Un pas sur le côté, pour éviter le corps du jeune gisant. Les yeux voient vite en de pareils instants : il était mort, ses doigts ne tremblaient plus. Mais ses paupières étaient restées ouvertes. Je les fermai, les tins closes un instant, me redressai pour un dernier élan. Avais-je eu le temps d'entrevoir ces deux hommes, le geste autoritaire de leurs bras abaissés ? D'entendre leurs voix pressantes qui me criaient : « Attention ! Il y a une trouée ! » Certainement oui, puisque je m'en souviens. Mais j'étais déjà parti.

La balle m'atteignit à la face interne du bras gauche. Avec une telle brutalité que je crus mon bras arraché. Je dis tout de suite que c'était une balle explosive, qu'elle déchiqueta en

1. **Saignée** : sillon creusé.

éclatant tout le faisceau vasculo-nerveux. Je tombai sur la place même, non de mon long, mais sur un genou. J'étais en plein dans la trouée. L'homme qui venait de m'abattre continuait de me tenir sous le guidon [1] de son mauser [2]. Le temps pour lui d'en manœuvrer la culasse [3], il tira de nouveau sur moi.

Sa seconde balle m'atteignit au même bras. À peine si je la sentis, mais je vis mon bras tressauter au choc. Si étonnant que cela fût, j'en éprouvai comme un soulagement. Cette sensation d'arrachement brutal n'avait laissé d'abord dans le champ clair de ma conscience qu'une inquiétude, une idée fixe : où est mon bras ? Je ne pensais pas encore, absolument pas au danger. Quand la seconde balle m'atteignit, je m'étais retourné d'une demi-torsion du buste, et je cherchais mon bras des yeux. C'est ce tressaut qui m'en rendit la présence.

Cette seconde balle avait frappé à une dizaine de centimètres au-dessous de la première et coupé, elle aussi, les mêmes vaisseaux et les mêmes nerfs. Cependant le même tireur, une fois encore, avait manœuvré la culasse de son fusil, et tirait. Sa troisième balle me toucha au corps. Heureusement pour moi, je ne faisais pas face. Ce mouvement latéral, cette torsion involontaire avaient « refusé » ma poitrine. La balle trancha mon muscle pectoral gauche, passa entre deux côtes en éraflant la plèvre [4] et ressortit sous mon aisselle.

C'était la plus anodine et c'est elle qui me sauva. Je l'avais entendue quand elle avait frappé ma vareuse, et mon regard avait *répondu* : de sorte que je vis nettement un flocon de drap

1. **Guidon** : pièce métallique située à l'avant du canon et servant à faciliter la visée.

2. **Mauser** : fusil utilisé par l'armée allemande.

3. **D'en manœuvrer la culasse** : de recharger son fusil.

4. **Plèvre** : membrane enveloppant le poumon.

bleu s'envoler, et à la place un accroc[1] écarlate. Ma réaction fut instantanée. Je me laissai aller sur le côté, à plat dos, sentis que des mains me touchaient, que des bras me tiraient doucement hors de la trouée mortelle. Quelques instants après, j'étais couché sur un bat-flanc[2] dans la pénombre d'un abri.

On l'entend bien. Cette minutie ne saurait rendre compte d'une réalité si fulgurante, de son passage sidérant. Elle est néanmoins nécessaire. Si je m'y tiens, c'est, je le sais, comme à un compromis, mais faute duquel j'en arriverais sûrement à trahir la vérité.

Pas un instant, sauf dans l'hébétude du choc et la stupidité qui l'avait accompagné, je n'avais perdu conscience. Au moment même où cet accroc rouge avait appelé mon regard, la notion du réel m'était revenue, intégrale. Avec ma sensibilité. Je souffrais beaucoup. La sensation du danger fondait sur moi, m'envahissait, s'exacerbait. C'était cette commune réaction des blessés, élémentaire et si complexe, où le sentiment de la vie désormais promise, sauvée, renverse d'un seul coup les barrières qui contenaient la peur ; le passage dans un monde autre, celui d'avant, quitté depuis des mois éternels, et dont on se souvient soudain qu'il a continué d'exister, qu'il vous attend, que ce retour inespéré va être dorénavant possible…

J'étais extraordinairement présent, tous les sens vigilants comme avant, et même avec une acuité accrue, mais autre, tout orientée vers le salut. Ainsi, à l'instant même où je voyais ce trou sur ma poitrine, j'entendais la voix de Sansois : « Mais vous ne le voyez donc pas ! » C'était de moi qu'il s'agissait,

1. **Un accroc** : une déchirure, une blessure.
2. **Bat-flanc** : plancher surélevé servant de lit.

moi que soulevaient des bras précautionneux. Mon souffle faisait un bruit bizarre, rauque et doux. Le ciel, entre les branches hautes, se colorait de rose et de vert tendre. Dans l'abri où j'étais étendu, des silhouettes sombres allaient et venaient dans le cadre ensoleillé de la porte. Parfois, un coup de lumière éclairait en plein un visage, aussitôt reconnu, proche, émouvant parce que je savais que je le quitterais bientôt, que j'allais le laisser dans un monde qui n'était plus le mien et que j'en avais de la peine.

Un besoin de parler, de dire mon attachement quand même, mon regret de renoncer par force à notre camaraderie, de promettre ma fidélité me rendait étrangement volubile, incapable de réprimer ce flot de mots qui me montait du cœur aux lèvres. Mes agents de liaison étaient là, mon ordonnance[1] Mounot qui se penchait vers moi. Ces hommes, ces camarades me semblaient au rebours silencieux. Mon chef de bataillon venait d'entrer, s'approchait. Quelle contrainte sur son visage ! Je lui parlais incoerciblement[2]. Je lui disais :

« Vous voyez, mon commandant, c'est mon tour. Combien sommes-nous, des premiers jours ? Vous m'aviez dit, après les Éparges : "Vous, Genevoix, vous êtes intuable..." Et vous voyez. »

Il se contraignait à sourire. Je percevais cette contrainte et je m'en demandais la cause.

« Mais vous n'êtes pas tué, disait-il, Dieu merci ! Ne parlez plus. On va vous emmener. Bonne chance... »

Il s'écartait un peu. Je l'entendais qui chuchotait dans le fond obscur de l'abri :

1. **Ordonnance** : soldat attaché au service d'un officier.
2. **Incoerciblement** : sans pouvoir m'arrêter.

« Une toile de tente avec deux baliveaux. Il va falloir quatre porteurs... Au premier poste de secours, vite ; au croisement de la route de Mouilly... »

Mais pourquoi une telle hâte ? J'aurais voulu dire tant de choses encore ! J'étais déçu, choqué, vaguement triste. Toujours cette fantasmagorie d'ombres [1], ces mains sur moi, qui coupaient mes vêtements, qui déchiraient des paquets de pansement, les appliquaient sur ma poitrine, les fourraient sous mon aisselle ruisselante. Je sentais très bien cette coulée, cet afflux intarissable et chaud, mais je ne les liais pas à la pensée du sang, de mon sang. Il n'était que de m'abandonner, de me remettre aux soins que l'on me prodiguerait, en prenant mon parti de ces demi-silences, de cette hâte inexplicable à m'emporter, à m'« évacuer ».

On me souleva. La lumière du dehors m'éblouit. En même temps qu'elle je retrouvais le bruit, la fusillade, les claquements des balles dans les arbres. Mes porteurs allaient à petits pas, debout, grandis, à mes yeux terriblement vulnérables. Je mesurais leur sollicitude, les efforts qu'ils faisaient pour accorder leurs pas, pour ne pas se mettre à courir. Ils me paraissaient héroïques et j'aurais voulu le leur dire, les remercier.

Mais je souffrais de plus en plus. La toile de tente, tendue par le poids de mon corps, serrait mon bras contre mon flanc et l'écrasait douloureusement. J'avais reconnu tout de suite les deux porteurs qui allaient les premiers, Mounot encore, et Charnavel. Je ne pouvais voir les deux autres, derrière moi, touchant presque ma tête, et que j'entendais respirer. Je me disais : « Je m'informerai. Il faudra que je leur écrive, à tous les quatre, que je leur dise... » J'étais trop las pour demander

1. **Cette fantasmagorie d'ombres** : ces jeux d'ombres.

leurs noms. Les balles faisaient trop de bruit. Parfois l'un d'eux trébuchait dans le lacet d'une ronce, et j'avais un sursaut au cœur en pensant qu'il était atteint.

Il leur fallut une demi-heure peut-être pour arriver au carrefour. Les balles y étaient moins nombreuses, moins bruyantes. Mais des obus tombaient, qui cherchaient nos arrière-lignes. De nouveau, ce fut l'ombre d'un abri enterré, le cadre illuminé de la porte et, bougeantes, les silhouettes noires.

L'acuité de mes perceptions sensorielles continuait d'être extraordinaire. Vue, ouïe, odorat, rien ne leur échappait : l'odeur de terre, de suie et d'humus[1] fermenté que nous avions respirée des mois, aujourd'hui traversée par l'odeur d'iode des pansements et celle de l'eau de Javel répandue, les sifflements de trois obus, leur éclatement cent mètres plus loin.

Dehors, accroupi sur le seuil et vaguement balancé sur la pointe de ses souliers, un sergent de la 8e compagnie me parlait en guettant les trajectoires. Lui, du moins, ne se contraignait pas. Homme d'une autre compagnie, ainsi moins lié à notre clan, il bavardait avec naturel, abondamment, m'annonçait les blessures et les morts. Je l'écoutais malgré ma lassitude, un peu rasséréné de le voir me traiter ainsi, en interlocuteur normal. Quand mes porteurs avaient quitté l'abri, j'avais eu un élan pour les retenir encore. Mais la force m'avait manqué. Tout juste ai-je pu dire au major qui venait de les renvoyer : « Pas celui-ci. J'ai besoin de lui. » Et Mounot était resté.

Ce médecin m'était inconnu. Un « étranger » barbu, venu peut-être de la Division. Il m'a fait une piqûre au bras droit, a remplacé les paquets de pansement par un bourrage épais de compresses et de coton, bandé mon épaule et mon torse.

1. **Humus** : débris végétaux et animaux en décomposition.

« Cette piqûre… Qu'est-ce que c'était ?

– De la caféine… On va vous conduire à Rupt. Et de là, je pense, à Verdun. »

J'ai demandé :

« Où est Le Labousse ? »

C'était notre médecin de bataillon, lui aussi un vétéran, un fidèle des premiers jours. Pourquoi n'était-ce pas lui qui venait de m'accueillir ? Le voir seulement, quel bien cela m'eût fait !

« Je ne sais pas, a dit l'inconnu. À Mouilly ?… Oui, à Mouilly. »

J'ai quitté le carrefour sur une poussette, un brancard balancé entre deux roues de fer. Chaque cahot [1] me martyrisait. Rupt, Verdun, que c'était loin ! Il allait falloir être calme, me recueillir contre cette grande fatigue, contre le tenaillement de la douleur qui me broyait le bras, l'épaule, qui maintenant irradiait jusque dans mon cou, dans ma tête.

« Tu es toujours là, Mounot ? »

Il suivait, se rapprochait, touchait de la main ma main droite. L'homme qui véhiculait mon brancard était aussi un inconnu : un grand gaillard blond, placide, qui faisait de son mieux pour éviter les aspérités. Que lui dire ?

« C'est encore loin, Mouilly ?

– On approche.

– Quelle heure est-il ?

– Quatre heures moins dix. »

C'est vers une heure et demie que j'avais été blessé. La journée tenait sa promesse de l'aube. Tout le ciel était bleu, lumineux. L'ardeur du jeune soleil faisait déjà pressentir l'été. Immobile sur le dos, je ne tentais même pas d'entrevoir ceux

1. **Cahot** : secousse.

que nous croisions sur la route. De loin en loin l'ombre d'un arbre et sa fraîcheur, le bruit d'un pas qui eût dû m'alerter. Mais à quoi bon tourner la tête ? Il n'y avait plus que Mounot, sa bonne figure aux joues saines, ardemment roses, sa moustache couleur d'épeautre [1], pour me ramener à une notion des choses dont je me sentais m'éloigner, m'enfuir d'un glissement de tout l'être, pareil à ces dérives douces, imperceptiblement écœurantes, qu'il m'était arrivé de connaître, enfant malade, dans un fiévreux demi-sommeil.

Mais un cahot secouait mon corps, me rendait à la souffrance. Alors je m'efforçais de faire le point, je récapitulais, dans leur enchaînement vraisemblable, les faits de cette journée entre toutes qui venaient aboutir à cette minute, à ce brancard et à cette route, à ces maisons meusiennes qui étaient les maisons de Mouilly.

« J'ai été blessé, grièvement. Au bras. Personne ne meurt d'une blessure au bras. À la poitrine ? On en guérit aussi, et même vite si rien d'essentiel n'est touché. Chauffert, à Rembercourt, a eu la poitrine traversée, de part en part, d'un coup de baïonnette. Un mois après il était revenu… »

Autant le 24 septembre, « blessé » indemne, j'avais, pendant d'affreuses secondes, pensé, vécu ma propre mort, autant cette fois j'en étais mentalement éloigné. On m'emmenait, on allait me soigner, me rendre la santé et la force. Cela seul devait m'importer : un long sursis pendant lequel, qui savait ?, la guerre s'achèverait peut-être. J'avais fait mon devoir, je méritais la chance qui m'arrivait, qui allait être mon viatique [2], m'aider à supporter l'épreuve de cette dure, dure souffrance,

1. L'**épeautre** est une céréale de couleur brun clair.
2. **Viatique** : secours, salut.

et cette fatigue lucide que je sentais gagner, m'envahir irrésistiblement.

« Qu'est-ce que vous avez dit, mon lieutenant ?

– Le grand toubib, là-bas… Arrêtez-moi. »

J'avais soulevé un peu la tête, peut-être simplement parce que nous étions à Mouilly, pour me convaincre du chemin parcouru. Et voici qu'à mon premier regard, debout devant une voûte de cave sous un fanion blanc à croix rouge, j'avais reconnu la haute taille et la carrure de Le Labousse.

J'étais content. Le souvenir de nos entretiens venait de se ranimer. De tous mes compagnons du front, sans doute était-il le seul avec qui j'eusse pris tant de plaisir à faire cliqueter les idées et les mots. Lui, sûrement, allait aussitôt m'être proche, me comprendre. Et n'était-il pas médecin, plus près que nous des blessés, des souffrants ?

Myope, il ne me reconnut qu'au moment presque où je le touchais. Dans l'instant, son expression changea, contrainte, lointaine, à mes yeux incompréhensible. Comme dans l'abri de première ligne, j'avais commencé à parler. Comme alors, j'avais devant moi un homme « ailleurs », dont le visage hier familier, amical et, si je puis dire, semblable, ne m'accordait qu'une sympathie apparemment conventionnelle, forcée, pour me dérober mieux je ne savais quelle vérité secrète, quelle ressemblance ancienne qui venait de m'échapper.

La même peine, la même déception triste revenaient me serrer le cœur. Pour moi, pour l'ami que j'étais, que j'avais cru que j'étais, quelques rares mots jetés de haut, comme une aumône impatiente :

« Mais oui, mais oui… Ne parlez plus. Allez. Bonne route. Vous êtes sauvé ! »

Il regardait par-dessus moi, cherchait des yeux ceux de mes convoyeurs [1], ces hommes debout comme lui sur la chaussée pleine de soleil. Je surpris son regard, l'ordre muet qu'il exprimait clairement : « Allez-vous-en ! Dépêchez-vous ! » Mais cela même n'éveilla pas en moi ne fût-ce que l'ombre d'une question, d'une inquiétude. Comme je partais, il me serra la main, me regarda enfin réellement. Je le quittai sur ces mots étonnants :

« Oubliez-nous. »

Le cheminement avait repris, les cahots, l'immensité du ciel sur moi. Qu'avait voulu dire Le Labousse ? Oublier ça, oui, la bataille qui continuait, où j'avais laissé mes hommes, le danger, la mort aveugle. Mais eux ? Je savais bien que non. Toute ma vie je ne me déprendrais pas d'eux. Jamais je n'oublierais leur misère inhumaine, ni leur consentement quand même, ni leur mort, ni ce regard du mourant des Éparges qui un jour m'avait sauvé.

J'avais fermé les yeux. Je revoyais le tournant de boyau où il m'avait fallu passer. C'était entre deux contre-attaques. À ce moment, les Allemands avaient pu organiser le bord d'un entonnoir de mine, le blinder çà et là de boucliers d'acier sombre. À chacun de ces boucliers, un fusil d'avance pointé, très exactement réglé, menaçait les passages où le bombardement avait écrêté nos boyaux. J'arrivais à un tournant et j'étais alors sans méfiance. J'allais passer, lorsque quelque chose m'arrêta. Juste le temps de m'apercevoir que la paroi gauche du boyau s'étalait à découvert devant une échancrure de la paroi opposée. Au même moment je vis les morts.

....

1. **Mes convoyeurs** : mes porteurs, mes brancardiers.

Il y en avait trois ou quatre, tombés les uns par-dessus les autres, le dernier étendu à plein dos sur le tas de ses camarades. Ils venaient sûrement de tomber, tous depuis la dernière contre-attaque, celle qui avait amené les Allemands au bord de l'entonnoir de mine. J'avançai d'un pas encore, surveillant des yeux, là-haut, la ligne de faîte au bord du ciel. Et de nouveau quelque chose m'arrêta. C'était comme un appel, celui de l'homme qui va à la rencontre et que son regard devance. L'homme qui rencontre un homme, ce sont ses yeux qui cherchent d'abord et, ce qu'ils cherchent, ce sont les yeux de l'autre. Et les miens, en effet, venaient de rencontrer ceux de l'homme tombé sur le dos.

Contrairement à ce que j'avais cru, il vivait. Mais il était perdu. Tandis que la poussette me secouait sur la route d'Amblonville, je revoyais ses prunelles bleues, et leur regard en effet vivant, intense, où la supplication et l'angoisse avaient ensemble la force d'un cri. Je m'étais arrêté tout à fait, tendu vers lui, attendant qu'il parlât. Sa bouche s'était entrouverte, mais de ses lèvres inertes ne sortait qu'un murmure informe, guttural [1]. Il avait dû avoir la moelle épinière sectionnée. Il était hors d'état de faire le moindre geste, d'articuler une parole distincte. Ce fut moi qui parlai pour lui :

« Que je fasse attention ? Que je vais me faire tuer aussi ?… Ne crains rien, je vais sauter. »

L'angoisse disparut de ses yeux, fit place à une lumière que je ne devais jamais oublier. C'est elle que je revoyais dans la nuit de mes paupières fermées tandis que les roues tressautaient, tantôt tanguant dans l'herbe, tantôt faisant grésiller le gravier. Je pensais au mot insensé que j'avais dit à ce mourant :

1. **Guttural** : venu du fond de la gorge.

« Ne crains rien… » Qu'eût-il craint, le malheureux ? Dans la solitude du boyau, sur l'amas confus des morts, tête à tête avec sa propre mort, il avait attendu, impassible comme le grand soldat adossé contre le hêtre, ce matin même. Et voici qu'un pas s'entendait, approchait. Alors un sursaut de vie tressaillait au fond de son être, de son cœur, à ses yeux arrêtait l'homme qui montait.

« Ne crains rien… » Il m'était arrivé de me rappeler ce mot pour regretter son égoïsme, et peut-être sa cruauté. Aujourd'hui, je comprenais. J'étais encore vivant, mais j'avais fait une part du chemin. Lui, pour qui ce n'était plus la peine, il avait craint, réellement, pour moi. Le bond que j'avais fait par-dessus le passage mortel, le bruit de mon pas qui s'éloignait dans la boue, ils avaient aidé à sa paix, accompagné sa sérénité dernière alors qu'il reprenait son attente, parmi les morts, sa mort près de lui.

« Amblonville », dit le brancardier.

Nous arrivâmes à Rupt alors que le soir approchait. Je me rappelle une grande bâtisse au bord d'un chemin qui montait. Une agitation incroyable régnait là, rumeur de voix, d'appels, de cris, de plaintes, claquements de portes, ronflements de moteurs trépidants. On avait posé mon brancard sur un carrelage qui devait être celui d'une cuisine. Sur une longue table de bois blanc, entre deux bougies vacillantes, des scribes remplissaient des paperasses. D'autres brancards touchaient le mien. Debout contre les murs, patients, dociles, des blessés légers attendaient. La tête au ras du sol, je tressaillais de loin en loin, à cause d'un cri, d'une invective trop proches, d'une plainte plus haute que les autres. Je me sentais sans force, sans recours, à la merci. J'avais appelé en vain Mounot. Il avait disparu. On l'avait certainement renvoyé. Des jambes, des jambes qui passaient, des pans de capotes rudes qui me balayaient le front. À un moment, debout dans la pénombre, je crus reconnaître un des miens, l'adjudant Wang.

« C'est vous, Wang ? »

C'était bien lui, blessé au cou, déjà pansé.

« Et… là-bas ? lui ai-je demandé.

– Je ne sais pas, mon lieutenant. J'ai été touché presque en même temps que vous.

– Ne me quittez pas, Wang. Arrangez-vous pour qu'on nous évacue ensemble. »

Quelqu'un s'approcha, se pencha : encore une piqûre au bras droit, du sérum antitétanique sans doute. Encore des jambes en cisailles, une agitation insensée, des courants d'air glacés qui passent au ras du sol, des relents d'essence brûlée.

« Le lieutenant, là… »

On m'interroge : mes nom, prénoms, mon grade, mon corps de troupe…

« Écris ! Grouille ! Et il en arrive toujours… Quel métier !

– Circonstances de la blessure… »

Dans le cadre de la porte ouverte, c'était la nuit, une nuit sans lune, et qui serait froide. Une main palpait ma capote, y accrochait une étiquette.

« Le lieutenant, là… Embarquez ! »

Des cris montèrent. À mes côtés, des brancards qu'on soulevait. Le mien aussi, rudement. Mes pauvres chairs broyées. Je jure que je ne crierai pas… Que la nuit était froide en effet ! À travers le ciel sombre, des myriades d'étoiles scintillaient. Un à un, les montants des brancards raclaient de dures parois de bois. Une touffeur, des ténèbres opaques, des voix dolentes ou révoltées :

« Attention !… Vous me faites mal… Des brutes, oui, vous êtes des brutes ! »

Les trépidations du moteur faisaient hoqueter la vieille camionnette. Le vantail relevé claqua, le pan de nuit étoilé disparut. Combien étions-nous là-dedans ? Six ? Huit ? Trois ou quatre brancards superposés de chaque côté, de grands blessés anonymes, sans visage, chacun muré dans ce noir poisseux, cette odeur fade de chairs qui saignaient. Vers l'avant, le chauffeur et le convoyeur causaient, paisiblement, comme deux veilleurs assis au coin de l'âtre[1] :

« Tu crois qu'on f'ra un troisième voyage ?

– C'est couru. Au train qu'les amochés rappliquent, on est bons pour toute la nuit.

– Tu files tout droit, au Rattentout ?

– J'aime mieux prendre par Dieue et Dugny. »

Entre eux et nous, un rideau claquait faiblement. Je vis qu'il s'entrouvrait, découvrant un pertuis[2] allongé, triangulaire, où brillait une seule étoile. Elle avait un éclat merveilleux. Je ne la quittai plus des yeux.

Loin d'avoir émoussé mes sens, ma lassitude extrême les avait aiguisés davantage. Loin aussi qu'elle eût assoupi ma souffrance, elle l'avait exacerbée. Autour de moi, à chaque cahot sur la route défoncée, des cris montaient, parfois intolérables. Je regardais cette mince fente entrouverte où la nuit était la nuit, et cette étoile, si radieusement clignotante, lumière de mes yeux, de ma vie. Une immense gratitude se mêlait à mon épuisement. Il arrivait qu'un battement du

1. **Âtre** : cheminée.
2. **Pertuis** : ouverture.

rideau me la dérobât une seconde, mais aussitôt elle reparaissait, et j'avais envie de pleurer.

Peu à peu, la douleur s'estompait, refluait comme une vague se retire, d'un glissement doux, avec une lenteur solennelle. Tout mon corps devenait léger, suspendu. J'imagine aujourd'hui, après tout ce que nous avons lu des voyages interplanétaires, que ce doit être un peu cela, l'apesanteur. Il me semblait flotter à la surface d'un lac sans bords, ou sur une nuée dense et tiède, juste sur leur surface, presque irréelle et pourtant perceptible, et tout autour de moi, grâce à cette petite lueur limpide, le monde immense et beau, son silence, son repos nocturne, en attente de l'aube qui viendrait.

Je flottais, je ne souffrais plus. Il n'était que de m'abandonner, confiant, à jamais rassuré, même si je m'enfonçais ainsi, très doucement, un peu au-dessous de cette surface, de cette frange presque caressante qui achevait de me séparer, d'abolir ces ténèbres closes, étouffantes, ce murmure de deux voix qui chuchotaient tout près, ailleurs… Plus de souvenirs, de regrets. Qui étais-je ? Une plongée lente et douce, un repos gagné, le repos…

Un cri ! J'ai entendu un cri. Terrible. Qui a crié ? Que signifie cette douleur qui m'assaille, qui me broie le bras et l'épaule ? Qui chuchote là, derrière ce rideau entrouvert ? Ç'a été comme un coup de ressac, énorme, brutal. Ce voyage est trop long, trop dur. Souffrir de la sorte, c'est trop. Ces hommes qui crient dans les ténèbres souffrent-ils encore plus que moi ? À ma gauche, au-dessous de moi, il y en a un qui râle… De nouveau il faut tout sentir, que rien ne me soit épargné dans le noir de l'affreuse boîte close, balancée, dont chaque rebond déchaîne d'autres cris.

« Arrête !

– Assez !

– On n'arrivera jamais…

– Assassins ! »

Et la voix derrière le rideau, aussi tranquillement chuchotante :

« Comment veux-tu qu'on les écoute ? J'fais c'que j'peux, c'est mon boulot. »

Depuis combien de temps avons-nous quitté Rupt-en-Woëvre ? Combien d'heures ? Cette route est interminable. Que ce repos était étrange, tout à l'heure ! Indiciblement apaisant, amical. Ni insidieux, ni menaçant : le repos même. L'odeur, les cris, la douleur torturante m'en redonnaient la nostalgie. Je le sentis revenir, me reprendre, comme l'autre fois abolir toute misère, m'entraîner dans cette plongée douce, ainsi couché, ainsi flottant, encore un peu, un peu au-dessous, je vais passer…

Et ce fut de nouveau un cri, affreusement proche, celui-ci. Quelqu'un a dû se lever dans le noir. Qui s'est levé ? Qui a crié à toucher mon visage ? Tout revient presque instantanément. Je songe : « C'est moi qui ai crié. » Et je cherche des yeux, devant moi, la petite fente où veille toujours la nuit, la grande nuit pure, bonne à respirer, et la goutte de clarté qui tout à l'heure m'a tenu compagnie.

Peut-être, si j'avais pu formuler une pensée, traduire avec des mots ce qui montait du fond de moi, peut-être aurais-je dit à la nuit, à la toute petite étoile : « Vous savez bien que j'ai besoin de vous. » J'écris cela aujourd'hui, j'essaie d'approcher sans trahir. Mais alors, j'étais au-delà.

Une fois encore, au cours du harassant voyage, mon corps a perçu tout entier cet allégement, ce flottement miséricordieux. Mais, cette fois-là, il est resté à la surface, vigilant et douloureux. L'étoile avait un peu bougé, elle allait bientôt disparaître. Mais j'étais sûr qu'une autre allait glisser, prendre sa place, que la nuit restait pure et que le jour était en marche.

Il allait être minuit lorsque les brancardiers de l'hôpital militaire m'ont porté sur mon lit, à Verdun. Il y avait bientôt onze heures que mon artère humérale ouverte laissait ruisseler mon sang. Il paraît – je ne suis pas médecin – qu'on dispose de trente-cinq minutes pour ligaturer cette artère et arrêter l'hémorragie. Je n'ai pas eu de ligature. L'épaisseur du coton et des linges prodigués par l'aide-major du carrefour, celle du caillot agglutiné dessous ont dû obturer [1] l'artère et me garder ce qu'il fallait de sang, tout juste, pour remonter du collapsus [2] et finalement « me tirer d'affaire ». Mais aussi ma vitalité, ma jeunesse.

Pas une fois, pendant ces onze heures, je ne me suis senti menacé. Pas une fois je n'ai appréhendé la mort, je n'en ai même pas eu la pensée. Je n'ai même pas songé au sang que j'avais dû répandre, semblable que j'étais à ces grands blessés pitoyables que j'avais plaints lorsque j'étais debout. Je ne me voyais pas gisant, ensanglanté, parce que je l'étais à mon tour.

Plus tard seulement, beaucoup plus tard, je me suis rappelé le dernier, ce capitaine d'artillerie lourde que nous avions croisé, à Mouilly, en montant vers la Calonne, et la civière que sa tête avait auréolée de sang. Par-dessus son turban de compresses, quelqu'un avait posé son képi à trois galons. Cette coiffure haut perchée, de guingois [3], c'était pénible et saugrenu. Quelqu'un d'autre, pour moi, avait fait la même

1. **Obturer** : boucher, fermer.
2. **Collapsus** : effondrement de la pression sanguine causant la mort.
3. **De guingois** : de travers.

chose. On m'avait retiré mon revolver, mes jumelles, l'argent que j'avais sur moi, un médaillon d'or à mon cou, mais on m'avait mis sur la tête le beau képi trop haut, trop raide, que j'avais baptisé mon pot à fleurs. Je venais de l'acheter à Verdun, parce que l'intendance nous avait habillés de neuf et que mon vieux képi graisseux ne s'harmonisait plus avec ce suave bleu horizon. C'est à la gare régulatrice de Verdun, dans une grande salle aux murs chaulés, sous la lumière décapante de lampes à arc dont les charbons sifflaient, que j'ai senti ce képi sur ma tête : parce que le major qui s'approchait de moi s'avançait entre deux infirmières, entre deux femmes. À peine si je distinguais leurs visages, ébloui que j'étais par ces lampadaires cruels, et d'ailleurs à bout de forces. Mais ce képi, soudain, m'a gêné comme s'il m'eût défiguré.

Le major m'a piqué encore. Et il a dit avec une moue :

« Inévacuable. Hôpital militaire. »

Peut-être est-ce le regard d'une des deux infirmières, alors que d'autres brancardiers me soulevaient et m'emportaient, qui m'a fait deviner, à une raideur de la peau sur mes joues et sur mon front, que j'étais barbouillé de sang. Mais j'ai pensé, comme à travers une brume : « Il a séché. Preuve que je ne saigne plus. »

Il a fallu traverser des voies, entendre des roues de wagons cogner sur des plaques tournantes, une locomotive qui sifflait quelque part, rouler encore, dans une toute petite tapissière [1], au trot d'un maigre bidet, sur les pavés d'un interminable faubourg. Mais le ciel, entre les maisons, avait la même profondeur, la même sérénité merveilleuse, criblée d'étoiles. Toutes les maisons, toute la ville dormaient.

1. **Tapissière** : voiture tirée par un cheval, utilisée à l'origine pour transporter des meubles.

Épilogue

J'ai rapporté des faits, communiqué une expérience. Il me semble superflu de les commenter longuement. Aussi bien et d'avance ai-je dit en quelques mots le sentiment qui m'inspirait ces pages, ce que l'on en pouvait attendre, et quoi non.

Ce qui m'a ramené sur les pas du soldat que j'ai été, c'est beaucoup moins une nostalgie, un retour vers ma propre jeunesse qu'un désir réfléchi de partager encore une fois. Une longue existence, lorsqu'elle approche de son terme, propose des perspectives plus spacieuses et plus simples, en quelque sorte désencombrées. Il semble qu'un tri se fasse, et qui oblige : ce qui a compté s'affirme, s'impose, avec une évidence qui devient vite impérative, car la conviction l'accompagne que cet acquis ne nous appartient pas.

C'est pour cela que j'ai voulu retrouver, au long de mes vieux cheminements, tous ces garçons serrés autour de ma jeunesse et qu'une mort injuste a frappés. L'homme n'est pas fait pour vivre seul. La vie va d'étape en étape, et chaque étape appelle des compagnons. Ceux de mon âge, avant d'avoir trente ans, s'ils cherchaient des yeux autour d'eux leurs compagnons de la veille ne voyaient plus guère que des morts.

Peut-être est-ce à cause d'eux aussi que je me suis senti soutenu, pas à pas, par l'espoir d'être consolant. Souffrir de graves blessures, c'est toujours dur et quelquefois atroce. Mais c'est d'abord lutter pour sa vie, et cela en vaut la peine. Demeurer mutilé, c'est dur aussi ; mais on s'adapte, on s'arrange : toutes les habitudes se prennent. Reste la mort.

Elle aussi, elle a été notre effrayant compagnon. Mais à l'effroi aussi, on s'habitue. Tant qu'elle frappait à nos côtés, nous nous méprenions sur elle : elle nous était comme un spectacle dramatique et bouleversant, auquel nous réagissions âprement, de toutes les forces de notre corps vivant. Il n'eût pu en être autrement. Nous nous imaginions à la place de l'homme abattu comme si cela nous eût été possible. C'est impossible, nous ne pouvions qu'imaginer.

Mais la mort venait-elle à nous serrer de près, vivants encore à part entière, à nous leurrer d'une feinte [1] terrible, c'était pis. Tant que, le 24 septembre, je me suis *cru* touché à mort, j'ai traversé des instants très durs. S'ils s'étaient prolongés davantage, c'eût été intolérable. C'est que, cette fois, la mort m'avait contraint à me voir vraiment « à la place ». Elle me trompait. Le miaulement de la balle qui ricochait avait été comme un ricanement. Mais j'ai été assez sa dupe pour croire qu'elle venait de me tuer. Plus tard, quand j'ai été sauvé, convalescent, ce n'est pas mon calvaire entre la Calonne et Verdun qui venait hanter mes cauchemars, mais ces quelques secondes de septembre. Et je me réveillais pantelant [2].

Que la mort frappât réellement, tout changeait. C'est l'immense différence entre voir un grand blessé et être vu,

1. **À nous leurrer d'une feinte** : à nous tendre un piège trompeur.
2. **Pantelant** : en respirant fort, très essoufflé.

grand blessé. Le grand blessé ne se *voit* pas lui-même. Quand, le 25 avril, ma civière traversait Rupt-en-Woëvre, des femmes, debout au seuil de leur maison, aussitôt qu'elles m'apercevaient rentraient en détournant la tête. Ainsi avaient réagi, l'amitié en plus, mon commandant et Le Labousse. Ils étaient le vivant, l'homme debout dont la compassion même imaginait à faux ma détresse, vivant et debout qu'il était. Ainsi, dans une chambre mortuaire, en va-t-il des vivants qui pleurent autour d'un mourant. À l'instant du dernier passage, le plus serein est celui qui s'en va.

C'est parce que je crois cela que j'ai voulu ainsi témoigner. Pour avoir touché le passage, je sais que ce suprême moment a cessé d'être effrayant. À la lumière de cette certitude, je crois que si la mort « ne se peut regarder fixement », c'est de loin, lorsqu'elle est pensée, imaginée, et lorsque cette image vient s'emparer d'un être dont toute la force vitale a gardé son intégrité.

Entre le temps où je me battais, où j'étais encore « intuable » et mon retour à une vie redonnée – désormais plus précieuse et plus belle –, le souvenir même que je gardais de tous ces morts avait changé et les rejoignait mieux. Que je me recueille, ils reviennent, ceux dont j'ai parlé, tous les autres. Ce soir, je songe à trois d'entre eux que nous avons vus « passer ».

L'un est parti entre les bras de Dast. Au moment où il s'en allait, il a laissé tomber sa tête sur l'épaule de mon camarade ; il a murmuré à mi-voix, en traînant sur chaque syllabe : « Ah ! là là… Valses lentes… », et il est mort. Dast, parisien comme lui, a écrasé deux larmes sur ses joues.

L'autre, un de mes caporaux, est mort dans une petite casemate [1] du génie, au milieu des manches d'outil. Je l'avais vu

1. **Casemate** : local défensif partiellement enterré.

tomber au bord de l'entonnoir 7. Avec un de mes hommes, Butrel, j'avais pu le tirer derrière une vague de terre, puis le confier aux brancardiers. Je l'ai revu une heure après, conscient encore, doué de regard, et qui me reconnaissait. Ce garçon était beau. Les lignes, le modelé de son visage avaient pris une noblesse au-delà de leur beauté mortelle. Il a passé les yeux ouverts, nous laissant le souvenir de ce visage à jamais pacifié.

Le troisième était ce capitaine, follement brave ou plutôt téméraire, qui avait théâtralement salué la première balle qui l'avait effleuré. Il s'est fait tuer en période calme, pour être sorti d'un boyau, en plein jour, à une place notoirement dangereuse. Il voulait, disait-il, « se rendre compte par lui-même ». Il a suffi d'une seule balle pour le faire s'écrouler au fond, dans la boue. Ses officiers, ses hommes l'ont relevé, assisté. Très vite, une pâleur saisissante a envahi tout son visage. Sa barbe blonde, dorée, a semblé brunir tout à coup, une ligne violette a barré sa joue gauche : la cicatrice d'une balle de Sommaisne. Il souffrait et cela se voyait. Il a balbutié quelques mots, liés encore à son passé temporel, à ses vieux rêves d'officier *fana* [1] : « Avoir la Croix [2]... » Mais déjà la mort était là. Nos yeux ont vu s'effacer de ses traits la crispation douloureuse qui les nouait, et sur eux, jeune et tendre, presque enfantin, la lente lumière d'un sourire. Il a murmuré : « Ma mère... » Et il est mort sur ce dernier mot, tout entier remis, blotti. À nos yeux tout venait de s'achever. Pour lui non.

Mais comment irais-je au-delà ?

....

1. **Fana** : fanatique, trop passionné.
2. **Croix** : médaille militaire récompensant les soldats pour leur conduite exceptionnelle pendant la guerre.

TOUT POUR RÉUSSIR

QUESTIONS SUR L'ŒUVRE

+

GROUPEMENTS DE TEXTES

+

ARTS ET MÉDIAS

+

VERS LE BREVET

QUIZ

Avez-vous bien lu ?

➤ Quiz n° 1 : rencontres avec la mort

Au cours de son existence, Genevoix a fait cinq fois l'expérience de la mort. Reliez les éléments des deux colonnes ci-dessous pour rétablir la chronologie. *(Difficulté : *)*

Il reçoit une balle dans le ventre…	•	•	*… à l'âge de neuf ans.*
Il se rend compte que le chevreau blanc de la cour est destiné à être abattu, cuit et mangé…	•	•	*… le 25 avril 1915.*
Il est grièvement blessé par trois balles…	•	•	*… le 20 février 1915.*
Il est épargné par l'explosion d'un obus qui éclate à proximité…	•	•	*… à l'âge de quatre ans.*
Il trempe sa jambe cassée dans le sang d'une vache égorgée…	•	•	*… le 24 septembre 1914.*

➤ Quiz n° 2 : des consignes révoltantes

La portée critique de *La Mort de près* ne se limite pas aux descriptions réalistes et souvent crues des horreurs de la guerre. Genevoix dénonce explicitement certaines décisions du haut commandement militaire. Lesquelles ? Cochez trois bonnes réponses. *(Difficulté : **)*

☐ L'ordre aux officiers de mettre en place un meilleur rationnement pour économiser les vivres.

☐ L'ordre donné aux survivants de retourner sur les mêmes champs de combat où ils avaient failli mourir.

☐ L'ordre de ne jamais secourir les soldats ennemis.

☐ La priorité donnée au « grignotage », à l'offensive permanente sans aucun égard pour les pertes humaines.

☐ La punition de certains soldats, sans aucune véritable preuve de leur culpabilité, pour s'être volontairement mutilés afin de ne pas retourner au front.

☐ L'ordre d'exécuter les traîtres.

➤ Quiz n° 3 : les incarnations de la mort

Au fil du livre, la mort omniprésente est sans cesse transfigurée par la plume de l'auteur grâce à différentes figures de style. À quels animaux ou insectes est-elle comparée ? Cochez les bonnes réponses. *(Difficulté : ***)*

☐ Un corbeau.

☐ Un sphinx à tête de mort.

☐ Un chat.

☐ Un chien.

☐ Un frelon.

☐ Un asticot.

LECTURE GUIDÉE

Questions de compréhension et d'interprétation

➤ Extrait n° 1 : le projet d'écriture

Lisez le prologue « *Tout homme…* » (p. 33-35), puis répondez aux questions suivantes.

1. Quel devoir pousse-t-il l'auteur vers l'écriture ?

2. Dans la continuité de quel autre ouvrage Genevoix place-t-il *La Mort de près* ? En quoi ces deux ouvrages se ressemblent-ils quant à leur façon de raconter la Grande Guerre ?

3. Pourquoi l'auteur prend-il à nouveau la plume pour raconter ce qui l'a déjà été ? Qu'est-ce que le témoignage d'un homme plus mûr peut-il apporter à celui d'un jeune soldat ?

4. Sur quels souvenirs marquants le livre va-t-il se focaliser ?

5. Selon vous, en quoi raconter ces souvenirs peut-il, comme le précise l'auteur, « venir assister et aider d'autres hommes » (l. 60) ?

Reconnaître les classes grammaticales

Identifiez la classe grammaticale de chacun des mots suivants et justifiez votre réponse : « dépassait » (l. 6), « obscure » (l. 6), « ces » (l. 7), « années » (l. 7), « mais » (l. 11), « à » (l. 15), « on » (l. 20), « fraternellement » (l. 33).

➤ Extrait n° 2 : la mort bourdonne

Lisez le chapitre 1 (p. 36-57), puis répondez aux questions suivantes.

I. L'enfant face à la mort (p. 36, l. 1 à p. 39, l. 89)

1. À quelle comparaison le titre du chapitre fait-il écho ? Justifiez votre réponse.

2. « Je hurlai, hurlai à la mort, comme une bête » (l. 51-52). Quelle figure de style trouve-t-on dans cette phrase ? Quel est son intérêt ?

3. « J'avais beau détourner les yeux, rien ne m'échappait de ce meurtre » (l. 60-61) : qu'implique le choix du mot « meurtre » ?

4. À votre avis, est-ce le seul abattage dont l'auteur a été témoin durant son enfance ? En quoi cette expérience peut-elle se rapprocher de celle d'un soldat ?

Décomposer les mots

Étudiez la composition des mots suivants : « reparcourir » (l. 16), « sursauts » (l. 19-20), « continuellement » (l. 22), « frôlement » (l. 25), « neigeux » (l. 48), « détourner » (l. 60), « inaccessible » (l. 83-84).

II. Au cœur de la bataille (p. 39, l. 90 à p. 54, l. 496)

5. Pourquoi vivre au voisinage de la mort est-il une habitude vitale et nécessaire « à conquérir » (l. 97) ? Quel est le risque, si l'on n'y parvient pas ?

6. Pourquoi être un officier de troupe et porter un « galon » (l. 147) constitue-t-il un danger supplémentaire au front ?

7. Qu'est-ce qu'un « bon capitaine » (l. 331) pour Genevoix ?

8. Selon l'auteur, qu'est-ce qui permet de déjouer les « embuscades » (l. 359) de la mort quand on est au front ?

9. Décrivez avec vos propres mots l'« état étrange » (l. 483) dans lequel se trouve l'homme en plein milieu de la bataille.

Distinguer les propositions

« Bien plus tard, après des mois de guerre, j'ai rappelé à mon capitaine d'alors, devenu entre-temps mon chef de bataillon, une réflexion qu'il m'avait faite au lendemain de cette journée et qui m'avait âprement révolté » (l. 276-279). Recopiez cette phrase, soulignez les verbes conjugués et mettez entre crochets chaque proposition.

III. La mort des autres (p. 54, l. 497 à p. 57, l. 590)

10. Laquelle des « erreurs du Commandement » (l. 499-500) est-elle critiquée par Genevoix dans ce passage ?

11. « Les blessures, la mort des autres, si profondément qu'elles nous émeuvent, si approché que soit le retour sur nous-même que provoque leur présence lamentable, ne peuvent être qu'*autres* en effet » (l. 513-516) : que veut dire l'auteur ?

12. « [L]a mort, semblant nous oublier comme le chat et la souris, venait frapper d'un retour de patte terrible » (l. 520-521). Relevez une figure de style dans cette phrase et expliquez son intérêt.

13. Comment l'auteur parvient-il à retranscrire l'horreur et la violence de la guerre dans ce passage ? Quel est le champ lexical dominant ?

14. Quels liens pouvez-vous établir entre ce passage et le tableau *Guernica* de Pablo Picasso, reproduit en verso de couverture à la fin de l'ouvrage ?

Reconnaître la fonction des groupes de mots

Donnez la fonction des éléments soulignés dans chaque proposition : « Sur la contre-pente ensoleillée, d'autres soldats, déséquipés, jouissaient de l'heure tranquille et de la douce lumière d'octobre » (l. 523-525), « Deux des joueurs fumaient la pipe » (l. 529), « Nous étions silencieux sur le bord de la petite route » (l. 539-540), « Deux obus de 150 venaient d'atteindre un abri d'arrière-ligne » (l. 557-558), « L'un des premiers témoins me disait, en parlant de l'aide-major » (l. 576-577).

➤ Extrait n° 3 : la première fois

Lisez le chapitre 2 (p. 58-74), puis répondez aux questions suivantes.

I. Une « nouvelle guerre » (p. 58, l. 1 à p. 62, l. 103)

1. De quelle façon l'auteur s'est-il transformé après avoir été « baptisé du feu » (l. 31) ? Ce baptême du feu est-il jugé suffisant pour survivre à la guerre ?

2. Combien de temps la guerre était-elle censée durer ? De combien de mois cet « extrême délai » (l. 58) a-t-il été dépassé ?

3. « Loin de prophétiser, elles traduisaient en clair un vœu secret qui nous était commun » (l. 78-79). De quel vœu s'agit-il ?

4. Qu'est-ce qui conduit l'auteur à la prise de conscience qu'il se retrouve en plein milieu d'une « nouvelle guerre, plus lugubre et plus glacée » (l. 96-97) ?

Maîtriser les accords dans la phrase

« Ce que j'ai décrit » à « de ma province » (l. 9-18). Réécrivez ce passage en remplaçant « je » par « nous » et en faisant toutes les modifications nécessaires.

II. Le retour des blessés (p. 62, l. 104 à p. 67, l. 257)

5. À quel spectacle la compagnie de Genevoix fait-elle face en retraversant le village de Mouilly ? Que ressentez-vous à la description de ces scènes ? Pourquoi ?

6. Quel est l'effet de ce spectacle sur les soldats ? Pourquoi ?

7. Quelle est cette « psychose du haut commandement » (l. 184) que l'auteur dénonce ?

8. « Quelle mansuétude, quel scrupule d'équité de la part des juges militaires ! » (l. 204-205). Que veut dire l'auteur par cette phrase ? Quelle figure de style utilise-t-il ?

9. Pourquoi le spectacle des « blessés neufs » (l. 240) du front est-il encore plus terrifiant que celui de ceux rencontrés à Mouilly ?

Comprendre l'accord du participe

Justifiez les accords des participes passés suivants : « installés » (l. 108), « rouillées » (l. 129), « engagés » (l. 163), « percé » (l. 197).

III. Une fausse mort (p. 67, l. 258 à p. 74, l. 458)

10. Comment expliquez-vous l'usage des guillemets aux lignes 291 à 352 ?

11. Quelles sont les premières pensées de l'auteur quand il croit avoir été touché mortellement par une balle ?

12. Que ressent-il quand il réalise qu'il n'a subi aucune blessure mortelle ?

13. Qu'est-ce qui a sauvé l'auteur de l'impact de la balle ?

14. À quel animal la mort est-elle assimilée aux lignes 442-443 ? De quelle figure de style s'agit-il ?

Conjuguer à l'imparfait de l'indicatif

De « Je suis debout, revêtu, sanglé » à « d'une admiration fraternelle » (l. 357-363). Réécrivez ce passage à l'imparfait de l'indicatif.

➤ Extrait n° 4 : la deuxième fois

Lisez le chapitre 3 (p. 75-81), puis répondez aux questions suivantes.

I. La guerre des tranchées (p. 75, l. 1 à p. 78, l. 69)

1. Pourquoi les « Allemands souffraient moins » (l. 12-13) que les soldats français ?

2. Quels éléments font comprendre aux soldats qu'ils entrent dans la phase d'une « guerre nouvelle » (l. 27) ? Expliquez en quoi consiste ce nouveau type de guerre.

3. Comment les soldats français se sentent-ils après l'assaut réussi du 17 février 1915 ? Justifiez votre réponse par une citation.

4. Que désigne l'expression « débris humains » (l. 54) ?

5. Dans quel état l'auteur se trouve-t-il à la suite des nombreuses attaques allemandes ? Et ses troupes ?

Identifier la proposition subordonnée

« Sur les cent vingt hommes du peloton que j'avais menés à l'assaut, dix-sept seulement restaient indemnes » (l. 60-62). Recopiez la proposition subordonnée qui se trouve dans cette phrase. De quel type de subordonnée s'agit-il ? Quelle est la classe grammaticale du mot qui l'introduit ?

II. Le moment de « notre obus » (p. 78, l. 70 à p. 81, l. 175)

6. « Du moment qu'ils dégringolent partout, mètre par mètre, sur cette foutue crête, tous ceux qui sont dessus, sans bouger, tôt ou tard prendront *leur* obus » (l. 73-76). Que révèlent ces propos concernant l'état d'esprit général des troupes ?

7. Relevez les deux mots qui caractérisent le monde de la guerre d'après l'auteur.

8. Juste après l'explosion, que croit Genevoix à propos de son état physique ? Quel souvenir d'enfance lui revient-il à l'esprit à ce moment-là et pourquoi ?

9. Quand il s'examine pour voir s'il est blessé, l'auteur croit-il dans un premier temps au témoignage de ses mains ? Justifiez votre réponse.

10. Que signifie ici l'adverbe « spectralement » (l. 132) ? À quel champ lexical appartient-il ?

11. De quelle façon l'auteur explique-t-il le fait qu'il a pu survivre à cet obus ?

Comprendre l'accord du participe

Justifiez les accords des participes passés suivants : « protégés » (l. 154), « épuisés » (l. 165), « finie » (l. 174).

➤ Extrait n° 5 : la troisième fois

Lisez le chapitre 4 (p. 82-106), puis répondez aux questions suivantes.

I. Une impression de déjà-vu (p. 82, l. 1 à p. 89, l. 199)

1. Quel regard Genevoix porte-t-il sur les réalités de la guerre au moment où il écrit ?

2. Quel souvenir ressurgit-il dans l'esprit de l'auteur quand il s'adresse à ses chefs de section ? Pourquoi ?

3. Quelles réflexions la rencontre du « capitaine d'artillerie lourde, couché sur un brancard » (l. 64-65) déclenche-t-elle ? Que réalise alors Genevoix à propos de lui-même ?

4. Quelle attitude face à la mort a le premier des deux « grands blessés » (l. 141) que l'auteur rencontre ?

5. Que découvre-t-il dans le regard de ses chefs de section, l'adjudant Wang et l'aspirant Salager ?

Maîtriser la phrase complexe

« Les abominations des Éparges, cette traversée d'enfer qui avait duré deux mois, moralement aussi avaient achevé de m'endurcir, de m'entraîner à l'oubli de moi, à une libération affective qui me laissait entièrement disponible pour le souci quotidien de mes tâches, de mes hommes et, lorsque l'heure en sonnait, de l'action » (l. 81-86).

a. Combien de propositions cette phrase comporte-t-elle ?

b. Recopiez la proposition subordonnée circonstancielle de temps qui se trouve dans cette phrase.

II. Une trouée mortelle (p. 89, l. 200 à p. 92, l. 279)

6. Après l'impact de la première balle, à quoi pense l'auteur ? Est-il conscient qu'il court toujours un grave danger ?

7. Pourquoi Genevoix éprouve-t-il un « soulagement » (l. 224) lorsque la deuxième balle le touche ?

8. Pourquoi estime-t-il, paradoxalement, que la troisième balle lui a sauvé la vie ?

9. Comment réussit-il à s'éloigner de cette trouée mortelle ?

10. « Un monde qui n'était plus le mien » (l. 278). Selon vous, que veut dire l'auteur par cette expression ?

Maîtriser les accords dans la phrase

« Je les fermai » à « Mais j'étais déjà parti » (l. 207-213). Réécrivez ce passage en remplaçant « je » par « nous » et en apportant toutes les modifications nécessaires.

III. Vers l'hôpital militaire (p. 92, l. 280 à p. 106, l. 703)

11. À quels indices comprend-on que l'auteur n'a pas pleinement conscience de ce qui se passe autour de lui, une fois dans l'abri ?

12. Pourquoi qualifie-t-il ses porteurs d'« héroïques » (l. 319) ?

13. Pourquoi Genevoix se sent-il « mentalement éloigné » (l. 408) de sa propre mort ?

14. En le quittant, le docteur Le Labousse dit à l'auteur : « Oubliez-nous » (l. 452). Ce conseil sera-t-il suivi ?

15. Quel souvenir l'auteur se remémore-t-il tandis qu'il est transporté vers le poste de secours ? Pourquoi ce souvenir est-il inoubliable ?

16. « Peu à peu, la douleur s'estompait, refluait comme une vague se retire, d'un glissement doux, avec une lenteur solennelle » (l. 591-592). Identifiez la figure de style dans cette phrase et expliquez-la.

17. Qu'est-ce qui a pu sauver l'auteur de la mort ?

18. Pendant toutes ces heures de transport, Genevoix a-t-il eu peur de la mort ? Pourquoi ?

19. Pourquoi l'auteur juge-t-il, selon vous, que remettre un képi sur la tête des blessés est « saugrenu » (l. 675) ?

Employer le discours indirect

Réécrivez la phrase suivante au discours indirect : « J'ai demandé : "Où est Le Labousse ?" » (l. 360-361).

Identifier la voix

« J'ai été blessé, grièvement » (l. 401).

a. Cette phrase est-elle à la voix passive ou active ? Justifiez votre réponse.

b. Quel est le temps verbal utilisé dans cette phrase ?

➤ Extrait n° 6 : épilogue

Lisez l'épilogue (p. 107-110), puis répondez aux questions suivantes.

1. À votre avis, pourquoi voit-on les événements selon des perspectives « plus simples, en quelque sorte désencombrées » (l. 9-10) quand on a vécu longtemps ?

2. Comment l'auteur explique-t-il la froideur avec laquelle son commandant et son ami, le docteur Le Labousse, l'ont traité après sa blessure ?

3. Parmi ses trois rencontres avec la mort, quelle est celle qui a le plus hanté Genevoix ?

4. Qui est désigné par les pronoms de première personne du pluriel « nous » dans ce chapitre ? Quel lien pouvez-vous établir avec la vérité générale selon laquelle « L'homme n'est pas fait pour vivre seul » (l. 16-17) ?

5. Quelle leçon sur la mort Genevoix a-t-il tirée de son expérience ? Recopiez une phrase qui peut tenir lieu de maxime et qui la résume.

Identifier la proposition subordonnée

« Pour avoir touché le passage, je sais que ce suprême moment a cessé d'être effrayant » (l. 60-61).

a. Recopiez la proposition subordonnée dans cette phrase.

b. Précisez de quel type de subordonnée il s'agit et justifiez votre réponse.

Débat

Quel est le passage qui vous a le plus marqué lors de votre lecture de ce livre ? Pourquoi ?

GROUPEMENT DE TEXTES N° 1

Vivre sa propre mort

Textes autobiographiques

« Vivre sa propre mort, et survivre », comme l'expliquait Maurice Genevoix dans *La Mort de près* (p. 34, l. 47-48), est une expérience rare qui mène « jusqu'au seuil de l'inconnu » (p. 35, l. 58), raison pour laquelle son dépositaire se doit de la transmettre aux autres hommes. Dans les textes suivants, trois autobiographes qui ont vécu leur propre mort s'efforcent de la mettre en mots. Un philosophe de la Renaissance victime d'un accident de cheval aux alentours de son château, un prisonnier des camps nazis qui voit sa figure squelettique dans les yeux de ses libérateurs, une anthropologue française qui fait une rencontre fatale avec un fauve dans les régions reculées de l'est de la Russie : trois destins qui auraient pu se terminer brutalement, mais dont les acteurs sont revenus pour nous faire part de leur expérience.

➤ Texte n° 1 : Montaigne, *Essais* (1595)

Vers 1573, alors que les guerres de Religion troublent la tranquillité des alentours de son château en Dordogne, Michel de Montaigne est victime d'un accident très grave. Dans ses *Essais*, il le raconte à partir du témoignage des personnes présentes (lui-même étant inconscient), décrit les sensations éprouvées et en tire une leçon de vie.

LE VRAI VISAGE DE LA MORT

Pendant notre troisième guerre de religion [1], ou la deuxième, je ne m'en souviens plus très bien, j'étais allé un jour me promener à une lieue de ma demeure, qui se trouve être au beau milieu de tous les troubles occasionnés par les guerres civiles qui sévissent en France. Je pensais être en sécurité, étant si près de chez moi, que je n'avais pas besoin d'un meilleur équipage : j'avais pris un cheval docile, mais pas très sûr. Comme je revenais, et que je tentais de faire faire à ce cheval quelque chose à quoi il n'était pas encore bien préparé, un de mes gens, grand et fort, monté sur un puissant roussin [2] dont la bouche ne ressentait plus rien [3], mais au demeurant frais et vigoureux, cet homme, dis-je, pour faire le malin et devancer ses compagnons, poussa la bête à bride abattue droit dans le chemin que je suivais, et vint fondre comme un colosse sur le petit homme [4] sur son petit cheval, et le foudroyer de toute sa force et de son poids, nous projetant l'un et l'autre, cul par-dessus tête… Et voilà le cheval étalé, tout étourdi, et moi à dix ou douze pas de là, étendu sur le dos, le visage tout meurtri et écorché, l'épée que j'avais à la main ayant valsé à dix pas de là au moins, ma ceinture mise en pièces, et incapable de faire un mouvement ou de ressentir quoi que ce soit, non plus qu'une souche. C'est le seul évanouissement que j'aie jamais connu jusqu'à maintenant.

Ceux qui étaient avec moi, après avoir essayé par tous les moyens de me faire revenir à moi, me tenant pour mort, me

1. **Guerres de Religion** : conflits qui opposaient catholiques et protestants dans la seconde moitié du XVIe siècle.
2. **Roussin** : mauvais cheval.
3. Un cheval dont la bouche n'est pas sensible ne réagit plus aux rênes, ce qui empêche son cavalier de bien le diriger.
4. C'est lui-même que Montaigne désigne ainsi.

prirent dans leurs bras et m'emportèrent, avec bien des difficultés, jusqu'à ma demeure, qui était à environ une demi-lieue de là. Sur le chemin, après avoir été considéré comme trépassé pendant deux heures au moins, je commençai à bouger et respirer : mon estomac était tellement rempli de sang que pour pouvoir l'en décharger, la nature avait eu besoin de ressusciter ses forces. On me remit sur mes pieds, je rendis un plein seau de sang, à gros bouillons, et plusieurs fois le long du chemin, il en fut de même. Par ce moyen, je commençai à reprendre un peu de vie, mais ce ne fut que peu à peu, et cela prit si longtemps, que mes premières sensations étaient beaucoup plus proches de la mort que de la vie [...].

Ce souvenir fortement gravé dans mon âme, qui me montre le visage de la mort et ce qu'elle peut être, si proches de la vérité, me réconcilie en quelque sorte avec elle. Quand je recommençai à y voir, ma vue était si trouble, si faible, si morte en somme que je ne discernais encore rien d'autre que la lumière [...].

Quant aux fonctions de l'esprit, elles renaissaient en même temps que celles du corps. Je m'aperçus que j'étais tout ensanglanté : mon pourpoint était taché partout du sang que j'avais rendu. La première pensée qui me vint, ce fut que j'avais reçu un coup d'arquebuse[1] en pleine tête. Et de fait, on tirait beaucoup autour de nous. Il me semblait que ma vie ne s'accrochait plus qu'au bord de mes lèvres, et je fermais les yeux pour mieux, me semblait-il, la pousser dehors ; je prenais plaisir à m'alanguir et à me laisser aller. Cette idée ne faisait que flotter à la surface de mon esprit, elle était aussi molle et aussi faible que tout le reste ; mais en vérité, non seulement elle était exempte de déplaisir, mais elle avait même cette douceur que ressentent ceux qui se laissent glisser dans le sommeil.

1. **Arquebuse** : arme à feu, sorte de fusil.

Je crois que c'est dans cet état que se trouvent ceux que l'on voit, défaillants de faiblesse, à l'agonie[1] ; et je considère que nous avons tort de les plaindre, pensant qu'ils sont en proie aux pires douleurs, ou l'esprit agité de pensées pénibles.

Michel de Montaigne, *Essais*, trad. Guy de Pernon,
© Éditions Glyphe, 2008, tome II, chap. 6.

S'exprimer

1. Avez-vous vécu, au cours de votre vie, un événement marquant qui vous ait appris quelque chose d'important ? Racontez-le et expliquez la leçon que vous avez tirée de cet événement.

Comprendre

2. Racontez avec vos propres mots l'accident qui a conduit à la chute de Montaigne.

3. Quand Montaigne reprend ses sens, que croit-il qu'il lui est arrivé dans un premier temps ?

Interpréter

4. Quelle est la leçon que tire Montaigne de cette expérience ?

5. Pourquoi cette leçon peut-elle être utile pour ses contemporains, dans le contexte historique qui est le leur ?

S'informer

6. Montaigne est souvent considéré comme un philosophe « stoïcien ». Faites des recherches sur le « stoïcisme ». En quoi consiste ce courant de pensée ? Pourquoi, à votre avis, ce texte est-il directement lié au stoïcisme ?

1. **À l'agonie** : en train de mourir.

➤ Texte n° 2 : Semprún, *L'Écriture ou la vie* (1994)

En septembre 1943, Jorge Semprún est arrêté par la Gestapo (la police politique du régime nazi) et déporté au camp de concentration de Buchenwald. Le camp est libéré par les troupes britanniques le 11 avril 1945. Semprún se retrouve alors face à trois officiers sidérés par son état physique...

UN REVENANT

Ils sont en face de moi, l'œil rond, et je me vois soudain dans ce regard d'effroi : leur épouvante.

Depuis deux ans, je vivais sans visage. Nul miroir, à Buchenwald. Je voyais mon corps, sa maigreur croissante, une fois par semaine, aux douches. Pas de visage, sur ce corps dérisoire [1]. De la main, parfois, je frôlais une arcade sourcilière, des pommettes saillantes [2], le creux d'une joue. J'aurais pu me procurer un miroir, sans doute. On trouvait n'importe quoi au marché noir du camp, en échange de pain, de tabac, de margarine. Même de la tendresse, à l'occasion.

Mais je ne m'intéressais pas à ces détails.

La preuve d'ailleurs, je suis là.

Ils me regardent, l'œil affolé, rempli d'horreur. [...]

Le doute me vient, dès ce premier instant, cette première rencontre avec des hommes d'avant, du dehors – venus de la vie, à voir le regard épouvanté, presque hostile, méfiant du moins, des trois officiers.

Ils sont silencieux, ils évitent de me regarder.

....

1. **Dérisoire** : extrêmement maigre.
2. **Saillantes** : qui ressortent.

Groupements de textes

Je me suis vu dans leur œil horrifié pour la première fois depuis deux ans. Ils m'ont gâché cette première matinée, ces trois zigues[1]. Je croyais en être sorti, vivant. Revenu dans la vie, du moins. Ce n'est pas évident. À deviner mon regard dans le miroir du leur, il ne semble pas que je sois au-delà de tant de mort.

Une idée m'est venue, soudain – si l'on peut appeler idée cette bouffée de chaleur, tonique, cet afflux de sang, cet orgueil d'un savoir du corps, pertinent –, la sensation, en tout cas, soudaine, très forte, de ne pas avoir échappé à la mort, mais de l'avoir traversée. D'avoir été, plutôt, traversé par elle. De l'avoir vécue, en quelque sorte. D'en être revenu comme on revient d'un voyage qui vous a transformé : transfiguré, peut-être.

J'ai compris soudain qu'ils avaient raison de s'effrayer, ces militaires, d'éviter mon regard. Car je n'avais pas vraiment survécu à la mort, je ne l'avais pas évitée. Je n'y avais pas échappé. Je l'avais parcourue, plutôt, d'un bout à l'autre. J'en avais parcouru les chemins, m'y étais perdu et retrouvé, contrée immense où ruisselle l'absence. J'étais un revenant, en somme.

Cela fait toujours peur, les revenants.

Soudain, ça m'avait intrigué, excité même, que la mort ne fût plus à l'horizon, droit devant, comme le butoir imprévisible du destin, m'aspirant vers son indescriptible certitude. Qu'elle fût déjà dans mon passé, usée jusqu'à la corde, vécue jusqu'à la lie, son souffle chaque jour plus faible, plus éloigné de moi, sur ma nuque.

C'était excitant d'imaginer que le fait de vieillir, dorénavant, à compter de ce jour d'avril fabuleux n'allait pas me rapprocher de la mort, mais bien au contraire m'en éloigner.

Peut-être n'avais-je pas tout bêtement survécu à la mort mais en étais-je ressuscité : peut-être étais-je immortel, désormais. En

1. **Zigues** : individus, types.

sursis illimité, du moins, comme si j'avais nagé dans le fleuve Styx[1] jusqu'à l'autre rivage.

Ce sentiment ne s'est pas évanoui dans les rites et les routines du retour à la vie, lors de l'été de ce retour. Je n'étais pas seulement sûr d'être vivant, j'étais convaincu d'être immortel. Hors d'atteinte, en tout cas. Tout m'était arrivé, rien ne pouvait plus me survenir. Rien d'autre que la vie, pour y mordre à pleines dents.

Jorge Semprún, *L'Écriture ou la vie*,

S'informer

1. Faites des recherches biographiques sur Jorge Semprún. Pourquoi a-t-il été arrêté par la Gestapo ?

2. « Comme si j'avais nagé dans le fleuve Styx jusqu'à l'autre rivage » (l. 49-50). Renseignez-vous sur le fleuve Styx. Que veut dire l'auteur par cette image ?

Comprendre

3. Quelle est la réaction des soldats britanniques quand ils voient l'auteur ? Pourquoi ?

4. Pourquoi le regard des soldats britanniques introduit-il une rupture dans les habitudes de l'auteur à Buchenwald ?

Interpréter

5. De quelle façon ces deux années dans le camp ont-elles transformé Semprún ?

---

1. Le **Styx** est un fleuve qui sépare le monde des vivants du monde des morts dans la mythologie grecque.

Maîtriser les accords dans la phrase

« Depuis deux ans » à « Mais je ne m'intéressais pas à ces détails » (l. 3-11). Réécrivez ce passage en remplaçant « je » par « nous » et en apportant toutes les modifications nécessaires.

➤ Texte n° 3 : Nastassja Martin, *Croire aux fauves* (2019)

Nastassja Martin est ethnologue, experte des peuples du Grand Nord. Le 25 août 2015, elle part en expédition avec deux camarades au milieu de glaciers recouverts de cendres, sur les hauteurs du Kamtchatka, péninsule volcanique à l'extrême est de la Russie. Lorsqu'elle quitte ses compagnons pour marcher seule un moment, elle fait une rencontre qui aurait pu lui coûter la vie... et dont voici les conséquences.

UNE SURVIVANTE

L'ours est parti depuis plusieurs heures maintenant et moi j'attends, j'attends que la brume se dissipe. La steppe est rouge, les mains sont rouges, le visage tuméfié[1] et déchiré ne se ressemble plus. Comme aux temps du mythe, c'est l'indistinction qui règne, je suis cette forme incertaine aux traits disparus sous les brèches ouvertes du visage, recouverte d'humeurs[2] et de sang : c'est une naissance, puisque ce n'est manifestement pas une mort. Autour de moi, des touffes de poils bruns solidifiés par le sang séché jonchent le sol, rappellent le récent combat. Depuis huit heures, peut-être plus, j'espère que l'hélicoptère de l'armée russe va percer le

....

1. **Tuméfié** : gonflé.
2. **Humeurs** : fluides corporels.

brouillard pour venir me chercher. J'ai garrotté ma jambe avec la lanière de mon sac quand l'ours s'est enfui, Nikolaï a aidé à me bander le visage lorsqu'il m'a rejointe, il a vidé sur ma tête nos précieuses réserves de *spirt* [1] qui ont coulé le long des joues avec les larmes et le sang. Depuis il m'a laissée seule, il a pris mon petit Alcatel de terrain pour appeler les secours du haut d'un promontoire en pensant, sûrement, au réseau incertain, au téléphone antique, aux antennes lointaines, que tout cela fonctionne, parce que les volcans nous encerclent, eux qui célébraient il y a quelques instants seulement notre liberté et qui scandent [2] à présent notre enfermement.

J'ai froid. Je cherche mon sac de couchage à tâtons, je m'emmitoufle comme je peux. Mon esprit part vers l'ours, revient ici, tourne, construit des liens, analyse et décortique, fait des plans de survivant sur la comète [3]. Dedans cela doit ressembler à une prolifération incontrôlable de synapses [4] qui envoient et reçoivent des informations plus rapidement que jamais, le tempo est celui, éclatant, fulgurant, autonome et ingouvernable, du rêve, pourtant rien n'a jamais été plus réel ni plus actuel. Les sons que je perçois sont démultipliés, j'entends comme le fauve, je suis le fauve. Je me demande un instant si l'ours va revenir pour m'achever, ou pour que je l'achève, moi, ou bien pour que nous mourions tous les deux dans une ultime étreinte. Mais déjà je sais, je sens, que ça n'arrivera pas, qu'il est loin maintenant, qu'il trébuche dans la steppe d'altitude, que le sang perle sur son pelage. À mesure qu'il s'éloigne et que je rentre en moi-même nous nous ressaisissons de nous-mêmes. Lui sans moi, moi sans lui, arriver à survivre

1. ***Spirt*** : eau-de-vie, alcool pur en russe.
2. **Scandent** : rythment, marquent.
3. **Des plans [...] sur la comète** : des plans impossibles, déconnectés de la réalité.
4. **Synapses** : zones d'échanges entre les neurones.

malgré ce qui a été perdu dans le corps de l'autre ; arriver à vivre avec ce qui y a été déposé.

Nastassja Martin, *Croire aux fauves*,

S'informer

1. Renseignez-vous sur le métier d'ethnologue. En quoi consiste-t-il ? Vous pouvez lancer une recherche sur le site www.onisep.fr.

Comprendre

2. Qu'arrive-t-il à l'autrice juste avant le début du texte ?

3. Qu'attend-elle depuis huit heures ?

Interpréter

4. Comment Nastassja Martin a-t-elle été transformée par ce qu'elle a vécu ? Plusieurs éléments de réponse sont attendus.

Conjuguer à l'imparfait de l'indicatif

« J'ai froid » à « je suis le fauve » (l. 21-29). Réécrivez ce passage à l'imparfait de l'indicatif.

GROUPEMENT DE TEXTES N° 2

Guerre à la guerre !

Textes engagés

La volonté qu'a Genevoix de dénoncer les horreurs des combats, si manifeste dans *La Mort de près*, était partagée par une foule d'écrivains de sa génération et par de nombreux intellectuels qui, en leur temps, n'ont pas manqué de s'insurger contre la guerre. Le groupement de textes suivant propose un échantillon de ces dénonciations, qui peuvent prendre des formes très différentes : un poème avec une allégorie de la guerre aux traits cauchemardesques, un article de presse argumentatif qui la présente comme le fléau de l'humanité, un roman puisant dans les souvenirs de son auteur et qui évoque un monde de monstres, où tous les hommes se voient privés de leur humanité.

➤ Texte n° 4 : Hugo, *L'Année terrible* (1872)

Lorsqu'il revient d'exil – qu'il a choisi en opposition au régime de Napoléon III –, Victor Hugo consacre le recueil *L'Année terrible* à la défaite française contre les Prussiens dans la guerre de 1870-1871 et aux troubles politiques et sociaux qui ont suivi. Dans le poème suivant, c'est la guerre elle-même qu'il choisit d'interpeller.

GUERRE, À QUOI SERS-TU ?

Ouvrière sans yeux, Pénélope[1] imbécile,
Berceuse du chaos où le néant oscille,
Guerre, ô guerre occupée au choc des escadrons,
Toute pleine du bruit furieux des clairons[2],
Ô buveuse de sang, qui, farouche, flétrie,
Hideuse, entraîne l'homme en cette ivrognerie,
Nuée[3] où le destin se déforme, où Dieu fuit,
Où flotte une clarté plus noire que la nuit,
Folle immense, de vent et de foudres armée,
À quoi sers-tu, géante, à quoi sers-tu, fumée,
Si tes écroulements reconstruisent le mal,
Si pour le bestial tu chasses l'animal,
Si tu ne sais, dans l'ombre où ton hasard se vautre,
Défaire un empereur que pour en faire un autre ?

Victor Hugo, « Bêtise de la guerre », dans *L'Année terrible*,
Éditions Gallimard, « Poésie/Gallimard », 1995.

Comprendre

1. Quelle image ce poème donne-t-il de la guerre ?

S'informer

2. Recherchez sur internet ce qu'est une « question rhétorique ». Ce poème ne consiste qu'en une seule phrase interrogative. S'agit-il d'une question rhétorique ? Justifiez votre réponse.

....

1. **Pénélope** est un personnage de *L'Odyssée* d'Homère. Femme d'Ulysse, elle est célèbre pour sa ruse qui lui a évité un second mariage. Elle avait promis de se marier une fois qu'elle aurait tissé un grand voile destiné à envelopper le corps de son beau-père quand il viendrait à mourir ; mais elle défaisait la nuit ce qu'elle tissait le jour.
2. **Clairons** : instruments à vent, utilisés dans les armées.
3. **Nuée** : nuage.

Interpréter

3. De quoi et de qui Hugo rapproche-t-il la guerre ? Quel est l'intérêt de ces rapprochements ?

Maîtriser la versification

4. Quel est le mètre de ce poème ? Recopiez et scandez les quatre premiers vers.

5. Quel est le type de rimes utilisé dans ce poème ?

Maîtriser les accords dans la phrase

« Guerre, ô guerre occupée au choc des escadrons,/ Toute pleine du bruit furieux des clairons,/ Ô buveuse de sang, qui, farouche, flétrie,/ Hideuse, entraîne l'homme en cette ivrognerie ». Réécrivez ces vers en remplaçant « Guerre » par « Guerres » et en apportant toutes les modifications nécessaires.

➤ Texte n° 5 : Maupassant, « La guerre » (1883)

Depuis 1881, la France, en pleine expansion coloniale, est en conflit avec la Chine car elle espère conquérir des territoires dans ce pays très convoité par toutes les puissances occidentales. Guy de Maupassant, qui avait lui-même fait l'expérience, à ses vingt ans, des horreurs de la vie militaire lors de la guerre franco-prussienne de 1870-1871, prend alors la plume et publie un article mémorable.

LE FLÉAU DU MONDE

Quand j'entends prononcer ce mot : la guerre, il me vient un effarement comme si on me parlait de sorcellerie, d'inquisition, d'une chose lointaine, finie, abominable, monstrueuse, contre nature.

Quand on parle d'anthropophages, nous sourions avec orgueil en proclamant notre supériorité sur ces sauvages. Quels sont les sauvages, les vrais sauvages ? Ceux qui se battent pour manger les vaincus ou ceux qui se battent pour tuer, rien que pour tuer ? Une ville chinoise nous fait envie : nous allons pour la prendre massacrer cinquante mille Chinois et faire égorger dix mille Français. Cette ville ne nous servira à rien. Il n'y a là qu'une question d'honneur national. Donc l'honneur national (singulier honneur !) qui nous pousse à prendre une cité qui ne nous appartient pas, l'honneur national qui se trouve satisfait par le vol, par le vol d'une ville, le sera davantage encore par la mort de cinquante mille Chinois et de dix mille Français.

Et ceux qui vont périr là-bas sont des jeunes hommes qui pourraient travailler, produire, être utiles. Leurs pères sont vieux et pauvres. Leurs mères, qui pendant vingt ans les ont aimés, adorés comme adorent les mères, apprendront dans six mois que le fils, l'enfant, le grand enfant élevé avec tant de peine, avec tant d'argent, avec tant d'amour, est tombé dans un bois de roseaux, la poitrine crevée par les balles. Pourquoi a-t-on tué son garçon, son beau garçon, son seul espoir, son orgueil, sa vie ? Elle ne sait pas. Oui, pourquoi ? Parce qu'il existe au fond de l'Asie une ville qui s'appelle Bac-Ninh[1] ; et parce qu'un ministre qui ne la connaît pas s'est amusé à la prendre aux Chinois. […]

Un artiste habile en cette partie, un massacreur de génie, M. de Moltke[2], a répondu, voici deux ans, aux délégués de la paix, les étranges paroles que voici : « La guerre est sainte, d'institution divine ; c'est une des lois sacrées du monde ; elle entretient chez les

1. **Bac-Ninh** : ville au nord du Vietnam.
2. Helmuth von **Moltke** (1800-1891) : chef militaire prussien.

hommes tous les grands, les nobles sentiments, l'honneur, le désintéressement, la vertu, le courage, et les empêche en un mot de tomber dans le plus hideux matérialisme [1] ! »

Ainsi, se réunir en troupeaux de quatre cent mille hommes, marcher jour et nuit sans repos, ne penser à rien, ne rien étudier, ne rien apprendre, ne rien lire, n'être utile à personne, pourrir de saleté, coucher dans la fange, vivre comme les brutes dans un hébétement continu, piller les villes, brûler les villages, ruiner les peuples, puis rencontrer une autre agglomération de viande humaine, se ruer dessus, faire des lacs de sang, des plaines de chair pilée mêlée à la terre boueuse et rougie, des monceaux de cadavres, avoir les bras ou les jambes emportés, la cervelle écrabouillée sans profit pour personne, et crever au coin d'un champ tandis que vos vieux parents, votre femme et vos enfants meurent de faim ; voilà ce qu'on appelle ne pas tomber dans le plus hideux matérialisme ! […]

Nous l'avons vue, la guerre. Nous avons vu les hommes redevenus des brutes, affolés, tuer par plaisir, par terreur, par bravade, par ostentation. Alors que le droit n'existe plus, que la loi est morte, que toute notion du juste disparaît, nous avons vu fusiller des innocents trouvés sur une route et devenus suspects parce qu'ils avaient peur. Nous avons vu tuer des chiens enchaînés devant la porte de leurs maîtres pour essayer des revolvers neufs, nous avons vu mitrailler par plaisir des vaches couchées dans un champ, sans aucune raison, pour tirer des coups de fusil, histoire de rire.

Voilà ce qu'on appelle ne pas tomber dans le plus hideux matérialisme.

Entrer dans un pays, égorger l'homme qui défend sa maison parce qu'il est vêtu d'une blouse et n'a pas de képi sur la tête,

1. **Matérialisme** : attitude qui consiste à s'attacher seulement aux valeurs et aux plaisirs matériels sans se préoccuper du reste.

brûler les habitations de misérables gens qui n'ont plus de pain, casser des meubles, en voler d'autres, boire le vin trouvé dans les caves, violer les femmes trouvées dans les rues, brûler des millions de francs en poudre, et laisser derrière soi la misère et le choléra [1].

Voilà ce qu'on appelle ne pas tomber dans le plus hideux matérialisme.

Qu'ont-ils donc fait pour prouver même un peu d'intelligence, les hommes de guerre ? Rien. Qu'ont-ils inventé ? Des canons et des fusils. Voilà tout.

Guy de Maupassant [Maufrigneuse],
« La guerre », *Gil Blas*, 11 décembre 1883.

Comprendre

1. La « thèse », c'est l'idée, l'avis qu'un texte cherche à défendre. Quelle est la thèse que Maupassant défend dans cet article ?

2. Les « arguments », ce sont les différentes preuves qui viennent soutenir la thèse, prouver qu'elle est juste. Dressez une liste de tous les arguments utilisés par Maupassant en les reformulant avec vos propres mots.

3. Séparez cet article en différentes parties et donnez à chacune d'elles un titre.

Interpréter

4. « Quels sont les sauvages, les vrais sauvages ? Ceux qui se battent pour manger les vaincus ou ceux qui se battent pour tuer, rien que pour tuer ? » (l. 6-9). S'agit-il, selon vous, de vraies questions ? Quel est l'intérêt de les poser ? Comment appelle-t-on ce type de question ?

1. Le **choléra** est une maladie contagieuse, souvent mortelle à l'époque de Maupassant.

5. Maupassant cite M. de Moltke. Comment cette citation permet-elle par la suite de rendre l'argumentation de l'auteur plus percutante ?

Maîtriser la syntaxe de la phrase complexe

« Leurs mères, qui pendant vingt ans les ont aimés, adorés comme adorent les mères, apprendront dans six mois que le fils, l'enfant, le grand enfant élevé avec tant de peine, avec tant d'argent, avec tant d'amour, est tombé dans un bois de roseaux, la poitrine crevée par les balles » (l. 19-23).

a. Quels sont les verbes conjugués dans cette phrase ?

b. Combien de propositions comporte-t-elle ?

c. Recopiez deux propositions subordonnées de cette phrase et précisez pour chacune d'entre elles de quel type de subordonnée il s'agit.

Argumenter à l'oral

Organisez un débat contradictoire en classe sur le thème suivant : « Peut-il y avoir une guerre juste selon vous ? » Chaque groupe sera chargé de défendre une thèse. On nommera également quatre juges qui feront office de secrétaires : leur rôle sera de noter au tableau les différents arguments de chacun des groupes pour ensuite décerner la victoire au plus convaincant.

➤ Texte n° 6 : Céline, *Voyage au bout de la nuit* (1932)

Louis-Ferdinand Céline a été grièvement blessé lors de la Première Guerre mondiale. *Voyage au bout de la nuit*, son premier roman, reflète cette expérience à travers le destin de son personnage principal, Ferdinand Bardamu. Celui-ci se retrouve également au front de la Grande Guerre, où il découvre une réalité cauchemardesque.

UN MONDE DE MONSTRES

Ces Allemands accroupis sur la route, têtus et tirailleurs, tiraient mal, mais ils semblaient avoir des balles à en revendre, des pleins magasins sans doute. La guerre décidément, n'était pas terminée ! Notre colonel, il faut dire ce qui est, manifestait une bravoure stupéfiante ! Il se promenait au beau milieu de la chaussée et puis de long en large parmi les trajectoires aussi simplement que s'il avait attendu un ami sur le quai de la gare, un peu impatient seulement.

Moi d'abord la campagne, faut que je le dise tout de suite, j'ai jamais pu la sentir, je l'ai toujours trouvée triste, avec ses bourbiers qui n'en finissent pas, ses maisons où les gens n'y sont jamais et ses chemins qui ne vont nulle part. Mais quand on y ajoute la guerre en plus, c'est à pas y tenir. Le vent s'était levé, brutal, de chaque côté des talus [1], les peupliers mêlaient leurs rafales de feuilles aux petits bruits secs qui venaient de là-bas sur nous. Ces soldats inconnus nous rataient sans cesse, mais tout en nous entourant de mille morts, on s'en trouvait comme habillés. Je n'osais plus remuer.

Le colonel, c'était donc un monstre ! À présent, j'en étais assuré, pire qu'un chien, il n'imaginait pas son trépas ! Je conçus en même temps qu'il devait y en avoir beaucoup des comme lui dans notre armée, des braves, et puis tout autant sans doute dans l'armée d'en face. Qui savait combien ? Un, deux, plusieurs millions peut-être en tout ? Dès lors ma frousse devint panique. Avec des êtres semblables, cette imbécillité infernale pouvait continuer indéfiniment… Pourquoi s'arrêteraient-ils ? Jamais je n'avais senti plus implacable la sentence [2] des hommes et des choses.

1. **Talus** : terrains en pente.

2. **Sentence** : condamnation, décision irrévocable.

Serais-je donc le seul lâche sur la terre ? pensais-je. Et avec quel effroi !… Perdu parmi deux millions de fous héroïques et déchaînés et armés jusqu'aux cheveux ? Avec casques, sans casques, sans chevaux, sur motos, hurlants, en autos, sifflants, tirailleurs, comploteurs, volants, à genoux, creusant, se défilant, caracolant [1] dans les sentiers, pétaradant, enfermés sur la terre, comme dans un cabanon, pour y tout détruire, Allemagne, France et Continents, tout ce qui respire, détruire, plus enragés que les chiens, adorant leur rage (ce que les chiens ne font pas), cent, mille fois plus enragés que mille chiens et tellement plus vicieux ! Nous étions jolis ! Décidément, je le concevais, je m'étais embarqué dans une croisade [2] apocalyptique.

Louis-Ferdinand Céline, *Voyage au bout de la nuit*,

Comprendre

1. Comment le personnage se sent-il au milieu de la guerre qui fait rage ?

2. Que pense le personnage de son colonel ? Pourquoi ?

Savoir reconnaître les niveaux de langue

3. Ce texte utilise-t-il un niveau de langue soutenu ou familier ? Quels en sont les indices ?

Savoir mettre en relation un texte et une image

4. Quels liens pouvez-vous établir entre le texte de Céline et le photogramme du film *Les Sentiers de la gloire* (p. 152), sur lequel on peut voir le colonel Dax sortir des tranchées et faire face à l'ennemi pour donner le signal de l'assaut ?

1. **Caracolant** : allant çà et là.
2. **Croisade** : expédition militaire faite dans un but religieux.

Savoir reconnaître les différents types de phrase

« Le colonel, c'était donc un monstre ! À présent, j'en étais assuré, pire qu'un chien, il n'imaginait pas son trépas ! Je conçus en même temps qu'il devait y en avoir beaucoup des comme lui dans notre armée, des braves, et puis tout autant sans doute dans l'armée d'en face. Qui savait combien ? » (l. 19-23).

a. Combien de phrases ce passage comporte-t-il ?

b. Donnez le type de chacune de ces phrases.

HISTOIRE DES ARTS

Témoigner par l'art

➤ Un récit, cinq illustrations

L'écrit du brevet comporte toujours une question qui invite les candidat(e)s à expliquer les liens entre un texte et une image qui leur est proposée. Il ne s'agit pas seulement de savoir décrire précisément l'image, mais aussi de l'interpréter en développant suffisamment sa réponse pour mettre en évidence les points communs : ils peuvent concerner un même thème tout en se distinguant sur la façon de le traiter, tenir un discours semblable ou divergent sur la société, convoquer les mêmes personnages ou lieux, etc.

Observez les cinq images des pages II à IV du cahier iconographique (« La Première Guerre mondiale vue par les artistes » et « La Première Guerre mondiale en BD ») et lisez les citations de *La Mort de près* p. 146. Ensuite, associez chaque citation à l'une de ces images et écrivez un paragraphe développé pour justifier chacune de ces associations. N'hésitez pas à relire les passages dans lesquels se trouve chacune de ces citations pour mieux les comprendre.

« L'un est parti entre les bras de Dast. Au moment où il s'en allait, il a laissé tomber sa tête sur l'épaule de mon camarade » (p. 109, l. 72-73).

« J'avais vu, à travers ce flamboiement rouge, une immense ombre horizontale qui avait passé en planant » (p. 78-79, l. 94-96).

« Le second le suivait à quelques mètres. Une balle lui avait fait sauter la moitié inférieure du visage » (p. 67, l. 244-246).

« [...] je venais d'être fendu, ouvert du sternum au pubis comme un bœuf à l'étal d'un boucher » (p. 79, l. 102-103).

« On me souleva. La lumière du dehors m'éblouit. En même temps qu'elle je retrouvais le bruit, la fusillade, les claquements des balles dans les arbres. Mes porteurs allaient à petits pas, debout, grandis, à mes yeux terriblement vulnérables » (p. 93, l. 312-316).

• •

• •

• •

• •

• •

Georges Scott, *La Brèche. Effet d'un obus dans la nuit*

Georges Bruyer, *Le Tour des brancardiers*

Georges Leroux, *Aux Éparges*

Otto Dix, *Mutilés de guerre jouant aux cartes*

Jacques Tardi et Jean-Pierre Verney, *Putain de guerre !*

➤ Une ville en flammes : Pablo Picasso, *Guernica* (1937)

Prénom : ....

Nom : ....

Date de naissance : ....

Date de décès : ....

Nationalité : ....

Appartenance à des mouvements artistiques :

....

....

1. Le titre du tableau *Guernica* désigne une petite ville du Pays basque espagnol. Renseignez-vous dans un livre d'histoire ou sur internet : que s'est-il passé dans cette ville le 26 avril 1937 ?

2. Observez le tableau reproduit en verso de couverture à la fin de l'ouvrage et décrivez-le. Quels éléments attirent-ils votre attention ? Pourquoi ?

3. Quelles sont les caractéristiques principales du cubisme et de l'expressionisme ? Les retrouve-t-on sur ce tableau ?

4. Observez les visages des personnages. Quelles émotions expriment-ils ?

5. À votre avis, que cherche à dénoncer Picasso dans ce tableau ? Par quels moyens y parvient-il ? Développez votre réponse.

➤ Une vie de douleur : Frida Kahlo, *La Colonne brisée* (1944)

Prénom : ....
Nom : ....

Date de naissance : ....
Date de décès : ....

Nationalité : ....

Appartenance à des mouvements artistiques :
....
....

1. Observez et décrivez le tableau intitulé *La Colonne brisée*, reproduit en verso de couverture au début de l'ouvrage. Quelles sont les émotions qu'il suscite en vous ? Pourquoi ?

2. Frida Kahlo s'y met en scène elle-même : comment appelle-t-on ce type de tableau ?

3. Cherchez dans un dictionnaire la définition de l'adjectif « onirique ». Pourquoi peut-on dire qu'il est adapté pour qualifier ce tableau ?

4. Quel lien pouvez-vous établir entre ce que le tableau représente et son titre ?

5. Faites des recherches biographiques sur Frida Kahlo. Comment sa vie pourrait-elle nous aider à mieux comprendre la signification de ce tableau ?

ÉDUCATION AUX MÉDIAS ET À L'INFORMATION

La guerre à la une

➤ La presse en temps de guerre

Depuis 1836 et jusqu'aux débuts du XXe siècle, la presse a connu un développement foudroyant. Le nombre des journaux et celui de leurs lecteurs et lectrices n'a cessé de se multiplier. **La loi du 29 juillet 1881 assurait à la presse une totale liberté** : n'importe quel périodique pouvait désormais être publié, sans aucun contrôle exercé par l'État.

En 1914, la presse est plus que jamais au cœur de la vie des Françaises et des Français puisqu'un adulte sur deux lit le journal. La Grande Guerre vient cependant bouleverser son fonctionnement habituel. Non seulement les journaux deviennent un **vecteur de fausses informations**, dans le but d'entretenir le patriotisme et le moral du pays durant un conflit meurtrier, mais **la loi du 5 août 1914 réinstaure aussi le contrôle exercé par le gouvernement sur la presse**, sous prétexte d'éviter les fuites de renseignements militaires pouvant servir à l'ennemi.

En vous aidant d'un dictionnaire, donnez la définition des mots « propagande » et « censure ».

➤ La propagande

Lisez ci-après l'article de *L'Intransigeant* du 17 août 1914 intitulé « Camelote allemande », puis observez la une du supplément illustré du *Petit Journal* du 6 décembre 1914, reproduite dans le cahier iconographique (p. I).

CAMELOTE ALLEMANDE
BALLES ET BLESSURES INOFFENSIVES

Nos soldats ont pris l'habitude des balles allemandes et des shrapnells[1]. Les shrapnells, en effet, éclatent mollement en l'air et tombent en pluie de fer inoffensive, ou s'enfoncent dans la terre sans éclater. De plus le tir est très mal réglé. Et nos pioupious[2] n'en parlent qu'en riant.

Quant aux blessures causées par des balles, elles ne sont pas dangereuses. Un de nos amis qui revient de la frontière a pu constater que les balles allemandes traversent les chairs de part en part sans faire aucune déchirure. De sorte que les grands trains de blessés que notre ami rencontra sont remplis de jeunes garçons atteints par des balles, mais qui pourtant rient avec une réconfortante bonne humeur.

1. Que pensez-vous de ces représentations de la guerre ? Vous semblent-elles crédibles ? Pourquoi ?

2. Comparez ces descriptions du quotidien des soldats à celles de *La Mort de près*.

3. Lancez une recherche sur internet concernant l'expression « bourrage de crâne ». Que signifie-t-elle ?

➤ La censure

Pendant la guerre, les unes de nombreux journaux sont criblées de blancs qui signalent l'absence des divers passages censurés. Le contrôle que l'État exerce sur les informations concernant la guerre est total et s'applique aussi bien à la presse périodique qu'à tous les livres imprimés.

....

1. **Shrapnells** : obus chargés de mitraille qui explosent avant de percuter le sol.
2. **Pioupious** : soldats d'infanterie.

Maurice Genevoix a lui-même fait les frais de cette censure. Son premier récit, *Sous Verdun* (1916), qui décrivait les affres de la guerre et épinglait les erreurs du commandement, a été tronqué en grande partie par la censure. Ci-dessous, vous pouvez prendre connaissance de la parution originale censurée et lire le texte supprimé (ici en gras) tel qu'il sera rétabli dans le volume *Ceux de 14*, publié en 1949.

Pourquoi, selon vous, ces passages ont-ils été coupés ?

Où sont-ils ce matin ? Et quel est notre rôle à nous ? On ne nous a rien dit, **comme d'habitude. Pourquoi ce parti pris de silence ?** On nous ordonne : « Allez là. » Et nous y allons. On nous ordonne : « Attaquez. » Et nous attaquons. Pendant la bataille, du moins, on sait qu'on se bat ; on connaît sa mission de l'heure et, la connaissant, on l'accomplit de meilleur cœur. Mais avant ? Mais après ? Bien souvent c'est la fusillade toute proche, les obus dégringolant en avalanche qui disent l'imminence de la mêlée. **Et lorsqu'une fois on s'est battu, des mouvements recommencent, des marches errantes, avance, recul, des haltes, des formations, des manœuvres qu'on cherche à s'expliquer, et que généralement on ne s'explique pas. Alors on éprouve l'impression d'être dédaigné, de n'obtenir nulle gratitude pour le sacrifice consenti ; on se dit : « Qu'est-ce que nous sommes ? Des Français à qui leur pays a demandé de le défendre, ou simplement des brutes de combat ? »**

➤ Le rôle des journalistes

Albert Londres, grand reporter et correspondant de guerre en 1914-1918, définissait le métier du journaliste de la façon suivante : « Notre métier n'est pas de faire plaisir, non plus de faire du tort, il est de porter la plume dans la plaie[1]. »

Que veut-il dire, selon vous ? Êtes-vous d'accord avec cette définition du rôle des journalistes ? Pourquoi ?

1. Albert Londres, *Terre d'ébène. La traite des Noirs*, Albin Michel, 1929, p. 6.

Arts et médias

Les Sentiers de la gloire (1957) de Stanley Kubrick.
Le colonel Dax sort des tranchées et fait face à l'ennemi
pour donner le départ de l'assaut.

SUJET D'ENTRAÎNEMENT

Vers l'écrit

Dans le premier livre de *Ceux de 14*, intitulé « Sous Verdun », le sous-lieutenant Genevoix raconte les premiers mois de la Grande Guerre, depuis qu'il a rejoint, en même temps que le sous-lieutenant Porchon, le 106e régiment d'infanterie à Gercourt, près de Verdun. Dans l'extrait suivant, le 24 septembre 1914, les compagnies de Genevoix et de Porchon arrivent dans un village de la Meuse, Mouilly, où la guerre semble à la fois lointaine et omniprésente.

Écoutez ! Il me semble, à présent, que j'entends le bruit d'une fusillade. Cela donne l'impression d'être infiniment lointain ; mais ce doit être assez près de nous ; très près, peut-être ; c'est la crête, à droite, qui arrête le son. Porchon marche à côté de moi, précédant la section de tête. Je lui demande :

« Tu entends ?

– Quoi donc ?

– La fusillade.

– Non ! »

Comment est-ce possible qu'il n'entende pas ? À présent, je suis sûr de ne pas me tromper. Cette espèce de pétillement très faible et qui pourtant pique mes oreilles sans interruption, c'est la bataille acharnée vers laquelle nous marchons, et qui halète là, de l'autre côté de cette crête que nous allons franchir. Allons-y, dépêchons-nous. Il faut que nous nous y lancions, tout de suite, au plein tumulte, parmi les balles qui filent raide et qui frappent. C'est nécessaire. Car les blessés qui s'en venaient vers nous, d'autres, d'autres, d'autres encore, c'est comme si, rien qu'en se montrant, avec leurs plaies, avec leur sang, avec leur allure d'épuisement, avec leurs masques de souffrance, c'est comme s'ils avaient dit et répété à mes hommes :

« Voyez, c'est la bataille qui passe. Voyez ce qu'elle a fait de nous, voyez comme on en revient. Et il y en a des centaines et des centaines qui n'ont pas pu nous suivre, qui sont tombés, qui ont essayé de se relever, qui n'ont pas pu, et qui agonisent dans les bois, partout. Et il y en a des centaines et des centaines qui ont été frappés à mort, tout de suite, au front, au cœur, au ventre, qui ont roulé sur la mousse, et dont les cadavres encore chauds gisent dans les bois, partout. Vous les verrez, si vous y allez. Mais si vous y allez, les balles vous tueront, comme elles ont fait eux, ou elles vous blesseront, comme elles ont fait nous. N'y allez pas ! »

Et la bête vivante renâcle, frissonne, et recule.

« Porchon, regarde-les. »

J'ai dit cela tout bas. Tout bas aussi, il me répond :

« Mauvais ; nous aurons du mal tout à l'heure. »

C'est qu'en se retournant il a, du premier regard, aperçu toutes ces faces anxieuses, fripées d'angoisse, nouées de grimaces nerveuses, tous ces yeux agrandis et fiévreux d'une agonie morale.

Derrière nous, pourtant, ils marchent ; chaque pas qu'ils font les rapproche de ce coin de terre où l'on meurt aujourd'hui, et ils marchent. Ils vont entrer là-dedans, chacun avec son corps vivant ; et ce corps soulevé de terreur agira, fera les gestes de la bataille ; les yeux viseront, le doigt appuiera sur la détente du lebel ; et cela durera, aussi longtemps qu'il sera nécessaire, malgré les balles obstinées qui sifflent, miaulent, claquent sans arrêt, malgré l'affreux bruit mat qu'elles font lorsqu'elles frappent et s'enfoncent – un bruit qui fait tourner la tête et qui semble dire : « Tiens, regarde ! » Et ils regarderont ; ils verront le camarade s'affaisser ; ils se diront : « Tout à l'heure, peut-être, ce sera moi ; dans une heure, dans une minute, pendant cette seconde qui passe, ce sera moi. » Et ils auront peur dans toute leur chair. Ils auront peur, c'est certain, c'est fatal ; mais, ayant peur, ils resteront.

Maurice Genevoix, *Ceux de 14*,
Flammarion, coll. « GF », 2018.

➤ Compréhension et compétences d'interprétation (26 points)

1. Comment réagissent les soldats à la vue des blessés qui reviennent du front ? *(4,5 points)*

2. Pourquoi est-il « nécessaire » (l. 17) selon l'auteur de conduire le plus rapidement possible ses soldats vers le front de guerre ? *(4,5 points)*

3. Comment l'auteur décrit-il l'attitude des soldats à l'égard de la mort omniprésente qui les entoure au champ de bataille ? *(5 points)*

4. « [M]ais, ayant peur, ils resteront » (l. 52). À votre avis, qu'est-ce qui fait que les soldats restent à leur poste ? *(5 points)*

5. Voici un extrait d'article du journal français *Le Matin* publié le 15 septembre 1914, qui raconte les combats contre les Allemands : « Notre artillerie n'a cessé de tonner, réduisant peu à peu au silence les pièces ennemies. Celles-ci, d'ailleurs, ripostaient à peine, et il nous a semblé que l'adversaire devait manquer de munitions, car il nous envoyait fréquemment des projectiles d'exercice, c'est-à-dire des obus éclatant sans nous faire grand mal. Nos troupes, d'ailleurs, maintenant se rient de la mitraille. On est habitué au feu, au tonnerre de la bataille, à la pluie de projectiles. On n'y fait plus attention [1]. » La vision de la guerre donnée dans cet article correspond-elle à celle donnée par Genevoix dans son texte ? Développez et argumentez votre réponse. *(7 points)*

1. « Leur artillerie lourde est comme eux : elle n'est que bluff », *Le Matin*, 15 septembre 1914.

MÉTHODOLOGIE

Vers l'oral

Vous avez la possibilité, si vous le souhaitez, de présenter l'une des œuvres artistiques étudiées en classe à l'épreuve orale de soutenance du brevet. Pendant cette épreuve, vous devez non seulement montrer à vos examinateurs que **vous avez acquis des connaissances en histoire des arts**, mais aussi que **vous êtes capable de développer une réflexion personnelle et argumentée sur l'œuvre** de votre choix.

Vous trouverez ci-dessous un tableau qui vous aidera à réussir votre préparation de l'oral.

1. INTRODUCTION (1 MINUTE)
a) Je présente rapidement l'artiste et l'œuvre. – Citez le nom de l'artiste, sa nationalité, le siècle où il/elle a vécu, les mouvements artistiques auxquels il/elle a appartenu. – Citez le titre du tableau étudié, la date de sa composition, son contexte historique et social, ses dimensions, le musée où elle est conservée, son genre (paysage, portrait, nature morte...) et son thème (scène historique, scène privée...). **b) J'annonce ma problématique.** La problématique est une question à laquelle je ne peux pas répondre par « oui » ou par « non » et qui guidera ma réflexion sur le tableau. Il est conseillé de construire la problématique à partir des différents questionnements abordés en cours de français :

– *Par quels moyens le tableau* Guernica *de Pablo Picasso parvient-il à dénoncer la guerre ?*
– *De quelle façon le tableau* La Colonne brisée *parvient-il à résumer une grande partie de la vie de Frida Kahlo ?*

c) J'annonce le plan de mon oral qui doit comporter au moins deux parties :
– *Dans un premier temps, nous aborderons...*
– *Dans un deuxième temps, nous verrons...*
– *Dans une dernière partie, nous essaierons de montrer...*

2. DÉVELOPPEMENT (3 MINUTES)

a) Je fais une description précise et organisée du tableau.
– Décrivez le tableau en utilisant le vocabulaire de l'analyse d'image pour situer ce que vous décrivez (premier plan, arrière-plan, plan intermédiaire...).
– Commentez les choix de couleurs faits par le peintre.
– Pensez à commenter les particularités du dessin, surtout si celui-ci suit les préceptes d'un mouvement artistique particulier (cubisme, pointillisme...).

b) Je développe et j'explique mes réactions face au tableau.
– Quelles émotions ce tableau a-t-il d'abord provoquées en vous ? Pourquoi ?
– À quoi avez-vous pensé en regardant ce tableau plus longuement ? Pourquoi ?

c) J'interprète le tableau en essayant d'apporter des éléments de réponse à la problématique.

– Expliquez quel est, selon vous, le sens de la scène représentée par le tableau : pourquoi l'artiste a-t-il choisi de représenter cette scène plutôt qu'une autre ? Quel est son intérêt ?

– Quel a été, selon vous, l'objectif du peintre en composant ce tableau ? L'a-t-il atteint ? Pourquoi ?

3. CONCLUSION (1 MINUTE)

a) Je formule une réponse claire à la problématique que j'ai posée dans mon introduction.

b) J'élargis ma réflexion.

– Expliquez en quoi cette œuvre a modifié le regard que vous portez sur le monde ou influencé vos propres pratiques artistiques.

– Connaissez-vous d'autres œuvres artistiques avec lesquelles vous pourriez faire des rapprochements ? Lesquelles et pourquoi ?

MA FICHE DE LECTURE

Fiche de lecture sur:

Un livre écrit par:

Ma couverture:

Le livre en une phrase:

Les citations qui m'ont marqué(e) :

Un mot que j'ai appris en lisant :

Un livre / un film / un tableau / un morceau de musique auquel cette lecture m'a fait penser :

Mon avis personnel sur le livre :

Mon verdict sur 5 étoiles :